Jorge Morales - Franceschi

Jorge Morales - Franceschi

El Amanecer Injusto

Jorge Morales - Franceschi

ISBN-13: 978-9962-12-892-2

ISBN-10: 9962128927

Primera edición – diciembre 2018

Segunda edición – diciembre 2020

Impreso por Kindle Direct Publishing (una compañía de Amazon Digital Services, Inc.) en los Estados Unidos de América.

A todos aquellos que fueron víctimas de ese amanecer injusto, de ese acto cruel que solo consiguió avasallar la dignidad nacional de un pueblo y que algunos justifican; nunca los olvidaremos.

Jorge Morales - Franceschi

Índice

Prólogo

La pérdida de un ser querido siempre es difícil, pero afecta un más cuando las circunstancias de la partida de un ser querido, se debe a decisiones que tomaron otras personas. Nunca un padre se prepara para tener que enterrar a un hijo cuando, al fin y al cabo, se supone que son los hijos quienes se preparan para enterrar a los padres o al menos es lo que se acostumbra.

La ira y la impotencia de ver como aquellos grupos de gran poder económico toman decisiones, que muchas veces van en detrimento de aquellas personas con sueños, y, sobre todo, de los jóvenes con un futuro por delante. Allí es donde radica la importancia de elegir gobiernos que sean íntegros, que no solo piensen en el bienestar de las mayorías, sino en el bienestar de TODOS por igual.

Dicen que las personas no mueren por el hecho de ya no estar físicamente con nosotros, pues viven siempre en nuestra mente y nuestros corazones.

Resulta importante entonces, concientizar a las nuevas generaciones, sobre la importancia de tomar siempre las mejores decisiones, además de jamar olvidar la historia, pues bien dice que los pueblos que olvidan su historia viven condenados a repetirla.

La lectura analítica y el razonamiento lógico nos ayudan a discernir mejor, con lo que no puede ni debe; ser considerado como un intento de adoctrinar a nadie con esta novela, pues solo se presenta una historia, con algunos hechos históricos de Panamá que la respaldan, con el ánimo de entretener, culturizar, y compartir algo de nuestra historia, que parece haber sido olvidada por algunos.

Jorge Morales - Franceschi

"Desasosiego, miseria y un corazón roto, trajo aquel amanecer; que tiñó de sangre nuestras calles, fuego avasallador y un dolor tan profundo a la dignidad nuestra, cual causa que llamaron justa; aquellos que justifican, la muerte y el dolor, de civiles inocentes".

Jorge Morales - Franceschi

Capítulo I

Es un día nublado. Una suave brisa mueve las hojas de los árboles, pareciera que fuese a llover. Yo trabajo incesantemente, como todos los días. No hay mucho movimiento, a pesar de que el rubro al que me dedico siempre tendrá demanda. El trabajo de sepulturero suele ser tedioso y al final un tanto triste, más resulta imperante su realización.

Fue entonces cuando la vi, la misma señora, vestida de negro, zapatos de tacón y un imponente sobrero. Viene todas las semanas, no obstante, hoy es un día muy particular. Se aproxima hacia la lápida, retira las flores que ella misma había traído la semana anterior y se dispone a colocar las frescas que trae esta semana. La razón, cual particularidad del día de hoy, es el aniversario. Son veintinueve años desde aquel funesto día, en que aquel que era su más grande felicidad y orgullo le fue arrebatado. Me siento mal al verla, precisamente en estas épocas, fin de año a la vuelta de la esquina, las personas siempre buscan pasarla con los seres queridos, compartir y demás. De cierto modo ella lo hace, al compartir ese tiempo con su hijo.

El ataúd que yace bajo tierra en esa tumba está vacío, yo mismo lo puse allí. Nunca fue encontrado el cuerpo del susodicho. Tal vez ese sea el dolor más grande de aquella pobre señora, venir cada semana por un ataúd vacío.

Dicen que la gente muere solamente cuando las sacamos de nuestros corazones, siempre pensé lo opuesto, pero al ver a esta señora venir cada semana, por tanto, tiempo, me doy cuenta cuan equivocado estaba. Al fin y al cabo, siempre hay algo nuevo que aprender.

He escuchado algunas historias sobre cómo murió el hijo de esa señora. Nunca me había interesado la historia de alguien, como me interesa la de este en particular. Solo estudié hasta bachiller y este fue el mejor empleo que pude conseguir. Tiene sus altas y bajas, como todo en la vida. Soy feliz, aunque suene extraño. No me alegro de la muerte de otras personas, pese a que eso lleva pan a mi mesa, tal vez haya otra vida después de la muerte, un paraíso o un cielo perfecto, tal vez simplemente dejamos de existir y ya, no lo sé. Creo que tendré que esperar a que la muerte me lleve a estar con ella para averiguarlo.

Yo termino de cavar el hoyo que se usará para un entierro más tarde. En ese momento, noto que la señora se sienta sobre la grama de la tumba, se quita los lentes de sol oscuros, dejando entre ver sus ojos grises, ojeras bastante notorias, del mismo modo es perfectamente visible que ha estado llorando. En mi mente surge la interrogante ¿será posible que esa señora llore todos los días a su hijo muerto, a pesar de que han pasado ya veintinueve años?

Es entonces cuando tiro la pala al suelo, me quito los guantes que llevaba puestos y resuelvo acercarme a aquella señora. Le calculo tal vez entre sesenta y sesenta y cinco años.

—Buenas tardes señora —digo yo de manera jovial.

Ella voltea la mirada, saca un pañuelo de su pequeño bolso, lo frota secándose el sudor. Extraño verla sudar, si el clima es bastante fresco de momento.

—Buenas tardes —responde con una voz entre cortada. Como si se le hiciera un nudo en la garganta.

—Hoy es su aniversario.

—Así es. ¿Cómo lo sabe?

—Probablemente usted no me recuerde, pero yo fui quien enterró el ataúd, esa tarde de verano en que apenas nos estábamos recuperando de lo que había pasado. Fue algo difícil para todos.

—Es correcto. Mi nombre es......—mientras extiende su mano.

—Clementina, la he visto venir todas las semanas, durante todos estos años.

—Es lo menos que puedo hacer, ya que no fui capaz de cuidarlo.

—No diga eso, no la conozco mucho, pero el hecho de venir todas las semanas durante todos estos años habla muy bien de usted. Me dice que es una buena madre.

—¿En serio?, mi ex esposo me dice lo mismo. Pero no le creo, mentir siempre ha sido una de sus más grandes "virtudes", por eso tuve que dejarlo. Usted parece conocerme ya que se percató que vengo al cementerio todas las semanas.

Por primera vez en muchos años, esa señora entabla conversación conmigo. Usualmente pasa las tardes en silencio, recostada sobre la lápida, otras veces sentada leyendo algún libro, clásicos en su gran mayoría, de literatura hispanoamericana. Siempre vestida de negro, a lo mucho con una blusa blanca o gris. Sus ojos reflejan cuan intrínseco se ha vuelto la melancolía en ella. A pesar de estar aquí por tanto tiempo, esa melancolía es la que me quita el sueño, pues es la única que, a pesar del tiempo, sigue demostrando ferviente amor por su hijo. No hay nada como el amor de una madre.

—Lamento mucho lo de su hijo —le digo.

—Gracias. Hace mucho tiempo que nadie me decía eso. La gente asume que simplemente con el pasar del tiempo, ya debí haberlo superado, pero no; aún sigo pensando que sería de la vida de mi muchacho. Él quería estudiar derecho, para poder defender a los más necesitados, y no permitir que las clases más privilegiadas avasallaran al pueblo. Estaba lleno de ideales —responde ella con gran nostalgia.

Para ella es como si el tiempo se hubiese detenido aquella noche en que él se fue y no regreso. La vida para ella se volvió monótona. Me pregunto qué hará en los momentos que no está en el cementerio. Físicamente luce estupendamente, tomando en cuenta que su hijo murió a la edad de diecisiete años, hace casi treinta años. ¿seguirá soltera? ¿tendrá otros hijos? ¿mantendrá un contacto con su ex esposo? Son tantas las preguntas que vienen a mi mente, sobre esta dama misteriosa, que viste de hilo y usa un perfume exquisito.

De tantas personas que veo llegar a diario, son pocas las que logran despertar en mi esa curiosidad, esa empatía, por el dolor que lleva en el alma. Solo ella y Alejandra han logrado eso en mí. Aunque más me duele por Alejandra, que aún es joven y con tanto por vivir, y prefiere aislarse del mundo.

Una de las cosas que aprendí con el tiempo; es a no permitir que el dolor de otras personas, me afecté, aunque resulta difícil. Tal vez ya me estoy poniendo viejo y sensible, no lo sé. Lo que si se es que me intriga saber más acerca de Clementina.

Capitulo II

—¿Hace que tanto que trabaja aquí? —de repente pregunta ella.

—Mas de treinta años. Es lo único que se hacer. – respondo.

—¿Le gusta su trabajo?

—Supongo que sí, tiene sus altas y bajas, pero como decía el señor que hacía esto antes que yo: "alguien tiene que hacerlo"—

—¿Tiene que ser precisamente usted?

—No necesariamente...

—Entonces le apasiona su trabajo

—Me apasiona el sentir que soy útil a la sociedad, el hecho de no ser una carga.

Hace una pausa brevemente, mientras toma un poco de aire. El cielo se despeja.

—A mí me apasionaba mi trabajo.

—¿Por qué ya no le apasiona? —pregunto.

—Porque estoy jubilada —responde.

— ¡Oh!, no me lo imagine. Usted no parece tan mayor.

—¿Cuántos años cree que tengo?

—No sé, ¿tal vez unos cuarenta?

—Es usted muy amable.

—¿Por qué lo dice?

—Tengo mucho más de cuarenta años. – responde con una sonrisa.

Era la primera vez en mucho tiempo que la había visto sonreír. Ya yo intuía que tenía mucho más de cuarenta años, no obstante, con su físico, cualquiera que no la conociese podría decir que tiene esa edad.

Por un momento, parece haberse olvidado del dolor que la aquejaba hasta ese momento, una sensación indescriptible. Un silencio se apodera de la situación, es entonces donde me atrevo a hacerle otra pregunta.

—¿Cómo era él?

—¿Cómo era quién?

—Su hijo, digo si no le molesta la pregunta.

—Para nada, todo lo contrario. Él era un gran muchacho. Buen estudiante, gran amigo, el mejor hijo, siempre fue tan comprensivo, me apoyo en mi decisión de separarme de su padre. Fue un momento difícil. Era un apasionado de la lectura y sobre todo de la historia.

—La lectura es importante, y sobre todo conocer la historia.

—Viaja por el pasado y comprenderás el presente, y el futuro, será el reflejo de lo que vivimos en el presente.

—Es un interesante pensamiento —le digo.

—Me lo dijo una vez alguien con mucha sabiduría, para poder comprender la importancia que tiene la historia, dentro de la formación del individuo.

—Lo peor que se puede hacer como individuo es olvidar la historia.

—Lo peor que podemos hacer como sociedad y como país, es olvidar la historia.

—Tal como decidió hacerlo Alemania.

—Exactamente, donde está prohibido decir la palabra "nazi".

—Ojalá nunca olvidemos nuestra historia.

—Si ya he escuchado gente decir que lo que paso ese día, fue un invento de los medios de comunicación. Incluso he escuchado jóvenes decir, que desconocen los hechos.

—Bueno eso es culpa de las escuelas, deberían hablarle de historia a los muchachos.

—En parte, pero también los padres deben sentarse con los hijos. Recuerdo cuando mi tía se sentaba conmigo a conversar. De tantas cosas, de política, de historia, de la vida...—dice con gran nostalgia.

—¿Habla mucho con sus otros hijos? —pregunto tímidamente.

—Solo tuve un hijo, y en este tiempo coyuntural, le doy las gracias al cielo de haber vivido en otra época. Los padres de ahora son muy diferentes a como era en mis tiempos.

—Ahora trabajan y viven eternamente ocupados.

—Yo también trabajaba, y tenía que atender una casa y a mi esposo, y aun así le dedicaba tiempo a mi hijo.

—En definitiva, usted lo ha dicho, eran otros tiempos.

—¿Usted tiene hijos?

—No, mi esposa no podía tener hijos.

—Debió ser difícil para usted.

—Un poco, pero nuestro amor supero esa gran prueba. Algunos años después adoptamos a una niña y la criamos muy felices, aunque no lleve mi sangre, es mi hija. Ahora está casada y tiene dos hijos. Ocasionalmente viene a visitarnos.

—Eso es bueno.

—La verdad que sí.

En ese momento, noté que quitaba la mirada, y parecía pensativa, un leve suspiro pude sentir. La brisa de la tarde movía su cabello, son casi las dos.

—¿Le pasa algo?

—Nada, solo que cuando escucho gente hablar de sus hijos, no puedo evitar ponerme a pensar, como hubiese sido la vida de Jair si no se hubiese ido tan pronto.

No me había puesto a pensar que tal vez sería doloroso para ella tocar este tema.

—Le pido que me disculpe, no es mi intensión incomodarla.

—No se preocupe, usted no tiene la culpa.

—De todas maneras, debí ser un poco más prudente y respetuoso de su dolor.

—Gracias, es usted de las pocas personas que logran comprender.

— ¿Comprender que cosa? —pregunto extrañado.

—Comprender que, aunque pase el tiempo, uno nunca olvida a los seres queridos, menos a un hijo. En parte, porque uno siempre se prepara para que los hijos lo entierren a uno, no viceversa.

—Eso es cierto.

—Al final del camino, el único premio que nos queda es la vejez —me dice.

—La vejez, y la lucidez de poder contar historias.

—Contarlas desde un punto de vista subjetivo, para que el dolor causado por los momentos trágicos sea más llevadero.

—La vida de nadie es perfecta.

—Quizás, pero algunos sufren más que otros.

—Siempre he querido pensar que forma parte del ciclo de la vida.

—O que Dios es un malvado como dice mi esposo.

—No diga eso, es imposible culpar a Dios.

—Durante algún tiempo lo hice. Yo decía que como era posible que Dios permitiera esa clase de cosas.

—Dios no mandó bombas para destruir la ciudad, ni soldados armados para masacrar al pueblo, eso lo hizo un hombre por voluntad propia. Siempre hay una opción, no obstante, hay veces que preferimos el camino más fácil.

—Me tomó algo de tiempo poder entender eso. Me di cuenta, que mi hijo había muerto por mi culpa.

—Su hijo no murió por la culpa de Dios, ni por culpa de usted. Estoy seguro el tampoco pidió morir, pues sabría que eso le causaría un dolor muy grande a su madre. Murió por que otras personas así lo decidieron.

—Éramos tan felices. Él, mi esposo Alexis y yo. Me casé joven....

Sin darme cuenta, Clementina había empezado a contarme su historia. Muchas de las preguntas que yo tenía sobre ese muchacho, ella también las tenía. Sentía que ella en realidad necesitaba desahogarse, solo que no sabía cómo empezar, ni con quien.

Siempre he pensado que detrás de cada persona o familia que viene al cementerio, hay una historia interesante, pero por algún motivo, sentía que la historia de Clementina era aún más interesante. Muy probablemente era percepción mía, y no fue sino hasta que empecé a escuchar que me di cuenta el motivo.

Capítulo III

Clementina recuerda con claridad cuando conoció a Alexis. En su mente es como si hace cuarenta años, fuese hace cuarenta minutos. Está llena de anécdotas.

Ella era de un pequeño pueblo llamado "El Pajonal", en el distrito de Penonomé, provincia de Coclé. Este pueblo donde es oriunda Clementina tiene gran importancia histórica, ya que allí estuvo atrincherado el caudillo Victoriano Lorenzo, y desde allí dirigía a sus tropas.

Ella vino a la ciudad de Panamá a cursar estudios secundarios, sus padres hicieron un esfuerzo para que ella pudiese seguir educándose, y la mandaron a vivir con una tía que había contraído matrimonio con un hombre acaudalado. Su tía Maribel junto a su esposo Eustaquio no habían podido tener hijos, vivían en una casa en el corregimiento de Bella Vista, en el centro de la ciudad. Su casa estaba cerca a la del doctor Ricardo Joaquín Alfaro, un famoso diplomático y político, que llego a ser presidente de la república. Era muy peculiar, pues caminaba desde la presidencia en San Felipe, hasta su casa.

Clementina fue criada en el seno de una familia extremadamente católica. Al crecer, trato de inculcarle valores a su hijo, sobre todo el respeto a las ideas y a las creencias de otras personas.

Con gran nostalgia recuerda aquellas tardes que pasaba junto a sus padres, después de un largo día de trabajo, su padre solía contar historias relacionadas con personajes históricos, algunas reales y otras de ficción. A pesar de no haber tenido una educación formal, el padre de Clementina poseía un gran léxico, y una narrativa que cautivaba a cualquiera.

Clementina cursaba el décimo grado de bachiller en ciencias, cierta tarde ella venia de regreso a casa de su tía, cuando tropieza con un joven.

—Disculpa, no te vi pasar —le dice

—No te preocupes. Yo también venia distraída —responde.

—Mi nombre es Alexis, me parece que estamos en el mismo salón. Tú te sientas siempre en el primer puesto.

—Así es —responde —mi nombre es Clementina.

Alexis decidió acompañar a Clementina hasta su casa. En el camino conversaron largo rato. Ella quedaba cautivada ante Alexis, que parecía dominar cualquier tema, mientras Alexis no podía dejar de mirarla a los ojos, era la mujer as hermosa que había visto es su vida.

—Ya llegamos —dice Clementina.

—¿Puedo verte de nuevo? —pregunta Alexis.

—Si quieres…

—¿Qué tal mañana?

—Puedo ser. Por cierto, ¿dónde vives?

—Calidonia —responde

—O sea que ahora debes caminar hacia atrás.

—No me importa. El acompañarte lo recompensa.

—Está bien, no vemos.

—Adiós.

Calidonia es un corregimiento ubicado antes de llegar a Bella Vista, con una arquitectura muy diferente a la de las casas y edificios de Bella Vista.

Era un poco más moderna y con muchos comercios alrededor. Bella Vista era más que nada, una zona residencial.

Pasaron los días y la amistad entre Clementina y Alexis fue creciendo. El padre de Alexis era oriundo de un pueblo llamado "remedios" en la provincia de Chiriquí, mientras que su madre era inmigrante cubana. No vivían tan cómodamente como los tíos de Clementina, pero no les hacía falta nada. Él estaba en un hogar donde había mucho amor.

Al llegar las vacaciones de verano, Alexis se arma de valor para invitar a salir a Clementina, por lo que se dirige a la casa de los tíos de esta, para pedirle permiso.

—Buenas tardes —dice Alexis al llegar a la entrada— esta Clementina.

—Claro, pasa muchacho —le responde Eustaquio.

Maribel lo mira de la cabeza a los pies, con cierto recelo. Al momento, Clementina llega a la sala.

—Hola, ¿cómo estás? Le saluda efusivamente.

—Bien. Vine a pedirle permiso a tus tíos para salir contigo, claro solo si tú quieres.

Clementina voltea a mirar a su tía con ojos de emoción.

— ¿Puedo ir tía? Por favor di que sí.

—No lo sé, no creo que sea buena idea. Es algo tarde, pronto anochecerá —responde Maribel.

—No seas aguafiestas Maribel, deja que los muchachos se diviertan. Al fin y al cabo, están de vacaciones.

—Está bien. Pero vuelvan antes de las ocho.

—Gracias tía. Voy a la recamara a arreglarme. Ya regreso.

—Está bien.

Mientras Clementina se arregla, Maribel aprovecha para conversar un poco con Alexis, le pregunta cómo le va en la escuela, donde vive, quienes son sus padres, etc....

—Por el amor de Dios Maribel, pareces oficial de la guardia nacional con tanto interrogatorio. Deja al pobre muchacho —le dice Eustaquio.

—Solo quiero saber un poco de él, si va a salir con mi sobrina lo justo es que sepamos con quien.

—Tiene razón señora, no se preocupe don Eustaquio. Las preguntas no me molestan —responde Alexis muy educadamente.

En ese momento, Clementina sale de la recamara con un vestido color pastel, y el cabello recogido con una cola. Apenas tenía maquillaje, aun así, lucia muy hermosa. Ella se despide de sus tíos, lo mismo que Alexis.

Al ellos irse, Eustaquio y Maribel se quedan conversando un rato en la sala.

— ¿Qué te parece ese muchacho amor? — pregunta Maribel.

—Se ve como un buen muchacho. Sabes, es bueno que Clementina salga, casi no tiene amigos, además se la pasa todo el día encerrada.

—Lo sé, pero igual no puedo evitar preocuparme por ella, le prometí a mi hermano que la cuidaría. Si algo le llegase a pasar, no me lo va a perdonar.

—No le va a pasar nada, no te preocupes. —responde Eustaquio mientras besa la frente de su esposa y se va a encender el radio para escuchar las noticias.

Mientras tanto, Clementina y Alexis van caminando por la acera, conversan en lo que beben una malteada.

—Discúlpame por el interrogatorio de mi tía.

—No te preocupes, no me molesta en lo absoluto.

—¿Qué cosas te preguntó?

—Lo normal, que quienes son mis padres, donde vivo, como me va en la escuela, etc....me imagino que quería hacerse una radiografía de con quién iba a salir su sobrina.

—Si. A veces es un poco sobreprotectora. Me trata como una niña pequeña.

—Eso está bien. Mi mama también es a veces un poco sobreprotectora.

Clementina y Alexis siguieron saliendo juntos durante el tiempo de la escuela, y luego en la universidad. Ambas familias se conocieron y compartieron mucho tiempo juntos.

Al cabo de varios años de noviazgo, decidieron casarse. Se sentaron a conversar sobre el futuro, planearon esperar a terminar la universidad y ahorrar algo de dinero antes de tener un bebe. Con mucho esfuerzo, se mudaron a un apartamento en bella vista. Pensaron que tal vez más adelante, podrían comprar una casa.

Ambos se apoyaban mutuamente con las tareas del hogar y compartían los gastos, pues estudiaban y trabajaban. Hubo momentos difíciles, como en todo matrimonio, sin embargo, el amor los ayudó a superar los obstáculos. Ambos lograron terminaron sus respectivas carreras universitarias.

Cierta tarde, al llegar del trabajo, Clementina se dispone a preparar la cena, cuando de repente, comienza a sentirse un poco mareada. Al llegar Alexis, evita mencionar el incidente para no preocuparlo, pero los mareos y el malestar se vuelven más contantes.

—Debiste haberme dicho lo que te estaba pasando.

—No quería preocuparte amor.

—Lo sé mi vida, pero tu salud es importante, no quiero que nada malo te pase. No podría vivir sin ti. Vamos a ir al médico para ver que te está pasando.

—Está bien.

Luego de algunos exámenes, el doctor se dispone a decirlos lo que está sucediendo.

—¿Está mi esposa enferma doctor? —pregunta Alexis con tono de preocupación.

— ¿Me voy a morir? —dice Clementina.

— ¡Por el amor de Dios! ¡No seas tan dramática!, no creo que sea para tanto, ¿cierto doctor?

—Así es, y no, no se va a morir señora. Usted está embarazada. Tiene casi un mes y medio.

Clementina y Alexis no podían creer la noticia. Ambos se pusieron muy felices.

—Yo que pensaba que me iba a morir, y solo estoy embarazada —dice Clementina con alegría.

—Te amo tanto mi amor, vamos a ser papás.

—¿Señora, usted no notó un retraso en su ciclo menstrual?

—La verdad no, siempre he sido de periodo irregular. A veces pasan hasta cuatro meses sin que venga.

—Entiendo, voy a disponer de toda la documentación para iniciar con las citas de control.

—Muchas gracias doctor, le estamos muy agradecidos.

Al llegar a casa, Clementina y Alexis se sientan en la sala a conversar.

—¿Cómo te sientes amor? —pregunta Alexis.

—Preñada. —responde con una sonrisa.

—Tu siempre tan graciosa. —le dice Alexis mientras le da un abrazo.

—Estoy tan feliz. —dice Clementina.

—¿Y cómo se va a llamar?

—¿No crees que es un poco prematuro para decidir el nombre?

—Pienso que hay que estar preparados mi amor.

—¿Quieres que sea un niño o una niña?

—Lo que venga estaré feliz —responde Alexis mientras acaricia la barriga de Clementina.

—Me gustaría que fuese un niño —responde ella.

La noticia del embarazo los había tomado por sorpresa. Clementina al decirle a sus tíos se pusieron muy contentos, al igual que la familia de Alexis.

A medida que fueron pasando los meses, decidieron quedarse en el apartamento en lugar de mudarse a una casa como habían planeado originalmente, esto debido a que el apartamento era bastante espacioso y céntrico. Luego de muchas conversaciones, Clementina y Alexis decidieron que solo tendrían un hijo. Finalmente llega el día del parto, y el doctor le da la noticia que han tenido un saludable varoncito. Al verlo, Clementina se enamoró por completo de él, y Alexis no cabía de la dicha. Decidieron ponerle por nombre Jair Antonio.

Capítulo IV

Luego de dar a luz a Jair, Clementina decide tomar unas vacaciones de su trabajo para descansar, y tener más tiempo para compartir con su bebe, y con sus tíos, a los que no veía muy a menudo desde que se casó con Alexis.

Al tener a Jair entre sus brazos, sentada en el pórtico de la casa de sus tíos, recuerda aquellas tardes que pasaba junto a sus padres, allá en su pueblo natal, contando historias, viendo caer el alba.

—¿Está todo en orden mi amor? —le pregunta su tía.

—Si, soy tan feliz tía. Estoy con el hombre que amo, y tengo a mi bebe.

—Tu rostro dice otra cosa.

—Deja a la pobre niña en paz —grita Eustaquio desde la sala.

—Ya no es una niña, es toda una mujer casada y con un hijo.

—Pues entonces deja de tratarla como una niña y déjala en paz.

—No hay problema tío.

—A veces tu tía se pone intensa. Llevo muchos años casado con ella. Créeme, sé de lo que hablo.

Maribel solo se ríe mientras le grita a Eustaquio que lo ama. Son un matrimonio que se complementa, quizás allí radique el éxito que han tenido.

—Cuéntame, ¿qué te sucede? —le dice Maribel a Clementina.

—Solo recordaba aquellas tardes cuando era pequeña y la pasaba con papa, contándome historias, tomábamos chocolate caliente, allá en el pueblo. A veces siento que esta ciudad me está matando, quisiera que mi hijo tuviese la oportunidad de vivir las cosas que yo viví cuando era pequeña. Cuando trepaba los árboles, montaba a caballo, etc....

— ¡Oh! Solo es eso. Me estabas asustando.

—Lo sé, es una tontería, discúlpame por molestarte.

—No me malentiendas, no es ninguna tontería, Clementina yo también siento lo mismo. Yo también soy mujer del campo igual que tú. Trato de viajar periódicamente al interior, de vacaciones para tener un cambio de ambiente. Se perfectamente de lo que hablas. Lo que no entiendo es porque no has conversado con tu esposo de esto.

—Debería, pero no sé cómo lo vaya a tomar.

—No tengas miedo. Él te ama. Dile que te gustaría viajar más seguido a casa de tus padres.

—Pero tendríamos que separarnos, por su trabajo. No quiero que mi hijo este lejos de su padre por un mero capricho mío.

—No es ningún capricho, aparte le hará bien al bebe respirar algo de aire fresco. La ciudad ya no es como cuando tú eras pequeña, está cambiando mucho. En un futuro no habrá nada verde, solo edificios, automóviles, grandes centros comerciales como los que hay en Nueva York y Miami, congestionamiento vehicular. Te aseguro que vivir por aquí será un lujo. Vi en el periódico que el gobierno revolucionario está desarrollando soluciones de vivienda al norte del país y también al este, cerca del aeropuerto. Quizás eso por allá que hoy día es puro monte se vuelva concurrido.

—No sé tía, no creo. La gente le gusta mucho lo céntrico, a menos que sea gente del interior que desee vivir cerca del monte, además está el tema del transporte, servicios públicos, desarrollo comercial. Sería factible si se desarrollara el concepto de un área delimitada, con beneficios como exoneración de impuesto de importaciones o diferente regulación de estos.

—Es cierto. Veremos qué pasa. De aquí a que todo eso pase, tal vez, yo esté muerta, y tu tendrás más o menos mi edad. Sera tu hijo quien goce de los beneficios del desarrollo.

—No digas eso tía. Tú vas a vivir hasta el año 2000.

—No quiero vivir tanto tiempo. Pero bueno, volviendo al tema del viaje, debes hablar con tu esposo.

—¿Crees que deba hablar con Alexis esta noche?

—Claro, no te aflijas. En el peor de los casos que te diga que no, simplemente te fugas y ya. — dice Maribel en tono burlesco.

—Ay tía por favor.

—Si yo he hecho lo mismo. Y aquí estoy, muy contenta después de veinticinco años de matrimonio. Ni te imaginas cuantas discusiones hemos tenido por cosas que tu tío ha querido prohibirme hacer.

—¡Veintiséis años! Tenemos veintiséis años de casados Maribel. —interrumpe Eustaquio.

—Ya lo sé.

—¿Tanto así? —pregunta Clementina.

—Como pasa el tiempo. Pareciera que fue ayer cuando nos conocimos —responde Maribel.

Clementina paso el resto de la tarde junto a sus tíos. Ellos estaban muy felices de poder compartir con él bebe, pues era como el nieto que nunca pudieron tener.

—Deberías traer al bebé a pasar tiempo con nosotros. Podríamos cuidarlo, si, a fin de cuentas, no tenemos nada que hacer —dice Eustaquio.

—Es cierto, tráelo y así no tienes que gastar en niñera. — le dice su tía.

—Está bien.

Al ponerse el sol, Clementina se despide de sus tíos y parte a casa, pues quiere evitar, que el bebé reciba el sereno de la noche.

—¿Cómo te fue en casa de tus tíos mi cielo? — pregunta Alexis al llegar del trabajo.

—Me fue bien. Mis tíos estaban contentos, conversamos por largo rato, jugaron con él bebe y allá comimos. Te traje comida.

—Gracias por la comida. Tu tía cocina muy bien —responde Alexis mientras toma algunos bocados del filete de pescado que había cocinado Maribel.

—Amor quería conversar contigo de algo importante.

—Claro amor, ¿de qué se trata?

—De un tiempo para acá, me he sentido un poco nostálgica, extraño mucho a mis padres. Quisiera poder verlos y que conozcan a Jair, pero sé que tu trabajo no te permite viajar. Me gustaría que el bebé tuviese la oportunidad de ver cómo es la vida en el interior, de conocer al resto de su familia, pero tampoco quiero separarlo de su papá.

Alexis se queda pensativo por algunos segundos.

— ¿Desde hace cuánto te sientes así? — pregunta luego de romper el silencio.

—Desde que estaba embarazada, no quise decirte nada para no causar molestias.

— ¡Oh mi amor, no es ninguna molestia! Tú sabes que eres lo más importante para mí. Mi vida sin ti no tendría sentido, y ahora que tenemos a Jair, soy inmensamente feliz. Has debido decirme que querías que viajáramos al interior a conocer a tus padres.

—¿Qué hay con tu trabajo?

—Puedo pedir un permiso, y si no me lo dan, pues renuncio y busco otro empleo. La familia es lo primero, y para mí es imposible formar parte de una organización donde no sean capaces de comprender eso. El dinero tal vez sea importante, mas no lo es todo en la vida.

—Por eso te amo tanto mi amor, porque eres tan comprensivo —le dice Clementina.

—Lo único que me incomoda un poco, es que no hayas tenido la suficiente confianza para decirme lo que sentías.

—Lo sé, lo siento tanto mi vida.

—Promete algo.

—Si.

— Que, a partir de hoy, cualquier cosa que sintamos, la compartamos el uno con el otro. Sin importar lo que sea. No quiero tener ningún tipo de secretos contigo.

—Te lo prometo, yo tampoco quiero tener ningún tipo de secretos contigo.

Alexis y clementina viajaron al interior a conocer a los padres de esta, el jefe de Alexis no puso objeción alguna, una vez que el explico los motivos del viaje. Casualmente, su jefe era también un hombre del campo, que tuvo la oportunidad de viajar a la capital y emprender su propio negocio.

Los padres de Clementina estaban muy contentos de poder conocer a su nieto, el resto de la familia se reunió. Conversaron de muchos temas, y al caer la noche, el padre de Clementina comenzó a contar historias, tal como lo hacía cuando ella era pequeña. Todo para ella era felicidad en ese momento, al igual que para Alexis, pues al ver a su amada feliz, él también lo era.

Ese regocijo solo se siente, cuando se ama de verdad.

Capítulo V

Eventualmente los años fueron pasando, y el matrimonio de Clementina y Alexis ya no era lo mismo. Aquella magia del noviazgo y los primeros años de matrimonio había desaparecido, al crecer Jair, Clementina comenzó a enfocarse más en su trabajo, debido al ascenso que había recibido, por el buen desempeño en la empresa por tantos años. Clementina hacia un esfuerzo por estar presente en casa el mayor tiempo posible, sin embargo, era complicado ahora con muchas personas bajo su mando. Alexis resentía un poco el distanciamiento de su esposa, pues aún seguía tan enamorado como el primer día.

Jair por otro lado estaba ya en la adolescencia, su interés por la literatura y la historia fue creciendo, de modo que empezó a ocupar su tiempo después de clase en largas lecturas, de diversos autores; panameños, hispanoamericanos y de Estados Unidos.

Una tarde, Clementina acababa de llegar a casa, cuando de repente suena el teléfono, al ella contestar, cierran de una vez. Ella pensó que quizás se trataba de un numero equivocado, y fue a la recamara a cambiarse de ropa, cuando nuevamente suena el teléfono. Ella lo contesta y nuevamente vuelven a cerrar. No era la primera vez que esto pasaba.

Al cabo de una hora, llega Alexis a casa.

—Hola amor, ya llegué —grita Alexis.

—Hola, ya estoy preparando la cena.

En ese momento, vuelve a sonar el teléfono.

—Yo contesto —dice Alexis.

Él contesta el teléfono y comienza a hablar en voz baja, aun así, Clementina alcanza a escuchar parte de la conversación.

—Cuantas veces te he dicho que no me llames a la casa —dice Alexis.

Clementina extrañada, se pregunta quien podría estar llamando a Alexis a la casa, que a él le desagrada que lo haga.

"El otro sábado yo voy para allá, pero no llames más aquí" – dice Alexis, por último, y cierra el teléfono. Clementina se acerca a la sala.

—¿Quién era, amor?

—Era Pedro del trabajo.

—¿Qué quería?

—Sole me estaba diciendo que uno de los supervisores de la oficina central vendrá mañana.

— ¡Ah ya! Ese teléfono me estaba volviendo loca —dice Clementina —suena y cada vez que contesto, me cierran.

—¡Que extraño! —responde Alexis.

A la mañana del sábado, Alexis se levanta muy temprano. Sale sigilosamente de la casa; para no despertar a Clementina y a Jair. Se dirige hacia el barrio de Santa Ana. Al llegar, entra a un edificio de color blanco, con balcones negros. La estructura es parte cemento y parte de madera. Sube hasta el tercer piso y, al llegar al apartamento 310, en lugar de tocar la puerta, saca una llave de su bolsillo. El abre la puerta, de madera tallada, con un barniz muy brillante.

—Amor, ¡has llegado! —dice una mujer de tez anglosajona; cabello negro azabache; y labios carmesíes, al ver a Alexis entrar.

— Si, estoy aquí. ¿Eres tú quien ha estado llamando a la casa y cerrando el teléfono?

—Si, es que hace tiempo que no vienes a verme, no sé nada de ti. Cerraba al notar que siempre contestaba tu esposa. Guardaba la esperanza que en algún momento contestaras tú, hasta que por fin lo hiciste.

—¿Te has vuelto loca, Mónica? —dice Alexis con tono encolerizado— Si no te llamo es porque estoy ocupado.

— Discúlpame, te prometo que no volverá a pasar. Ven, siéntate en el sillón a escuchar la radio mientras preparo el desayuno.

—Está bien.

Alexis conoció a Mónica en la fiesta de cumpleaños de un amigo del trabajo. Ella quedó completamente cautivada al verlo. En ese momento, el matrimonio de Clementina y Alexis no estaba en el mejor momento. Clementina acabada de ser ascendida, lo que trajo consigo mayor responsabilidad, y menos tiempo en casa. Alexis fue sincero con Mónica desde el primer momento y le dijo que era casado, ella fue una amiga incondicional en momentos que Alexis se sentía prácticamente abandonado por su esposa. A tal momento, que sucumbió a la tentación, de dejarse llevar por el placer, que Mónica fue capaz de brindarle. Una mujer muy hermosa, hija de una modista y un teniente coronel retirado de la guardia nacional.

Los meses fueron pasando y Alexis se sintió culpable de haber traicionado a Clementina, el buscaba la manera de salir del vicio que representaba, su relación con Mónica, sin embargo, de una manera u otra, terminaba volviendo a sus brazos. Mónica comenzó a exigir pasar más y más tiempo con Alexis, mientras él trataba de alejarse. Fue entonces que comenzaron las llamadas de Mónica a casa se Alexis....

Unos días después, Clementina sale más temprano del trabajo y decide ir a la oficina de su esposo para almorzar juntos, pues hacía mucho tiempo que no tenían oportunidad de hacerlo. Al llegar a la oficina, Clementina se encuentra con Pedro.

—Hola. ¿Cómo has estado?, ¿cómo está el niño? —dice Pedro mientras saluda a Clementina con un beso.

— Bien, ¿oye y como les fue con la revisión que haría el supervisor de la oficina central? – pregunta Clementina.

— ¿Cuál revisión? —responde Pedro.

—Es que Alexis me dijo que llamaste a la casa el otro día por unos papeles que necesitaban por la visita de uno de los supervisores.

— ¡Oh cierto! Esos papeles. Si, nos fue bastante bien. Pasamos el filtro, como dicen algunos. — responde Pedro mientras sonríe.

—Qué bueno. ¿Y les dijeron el motivo de la visita del supervisor?

Pedro comienza a ponerse nervioso, en ese momento, sale Alexis.

—Mi amor, que sorpresa. ¿Y eso que estas por aquí? —dice Alexis mientras le da un abrazo a su esposa.

— Sali temprano del trabajo y quise que almorzáramos juntos. Hace mucho que no salimos. Estaba conversando con Pedro, me contaba sobre la revisión que tuvieron recientemente.

— Si, le decía sobre los papeles que necesitábamos —responde Pedro mientras hace señas a Alexis.

—Oh cierto, bueno amor, vamos a comer.

—Está bien, hasta luego Pedro. Saludos a tu esposa.

—Hasta luego, que estés bien.

Clementina no dijo nada en el momento, no obstante, le pareció extraña la actitud de Pedro. Además, había notado algo ausente a su esposo por varios meses.

Unos días después, Clementina decide ir a visitar a sus tíos. Eustaquio ha estado muy enfermo últimamente.

— ¡Clementina! ¿Cómo ha estado mi sobrina preferida? —dice Maribel mientras le da un fuerte abrazo.

—Estoy bien tía, gracias.

—Estas más delgada, no estas comiendo bien...

—Si estoy comiendo bien tía.

—No pareciera, ese trabajo te está consumiendo. Ya casi ni me visitas, y eso que vivimos cerca.

—No diga eso, usted y el tío Eustaquio están siempre en mi mente y mi corazón. Hablando del tío, ¿Cómo sigue? ¿Qué ha dicho el doctor?

—Bueno, está mucho mejor. Recuperándose. Aunque no se queda tranquilo, el médico le dijo que tomara las cosas con calma. Un infarto no es cosa de juego.

—Yo me siento bien, ese doctor no sabe nada y solo quiere quitarme mi dinero —grita Eustaquio desde la habitación contigua.

Clementina y Maribel caminan hasta allá. Clementina le da un fuerte abrazo a su tío.

Clementina y sus tíos se quedan en la sala conversando por largo rato. Luego Eustaquio se va a la recamara a tomar una siesta. Clementina y Maribel se quedan solas en la sala.

—Tía hay algo que me preocupa.

— ¿Qué te pasa hija?

—Es sobre Alexis.

— ¿Tuviste una discusión con él?

—No, no es eso.

—¿Entonces qué es?

—Siento que nada es lo mismo, está cada vez más distante, más frio. Hace algún tiempo que no me toca.

— ¿has hablado con el de lo que sientes?

—Lo he intentado, mas no deseo quedar como una loca paranoica.

—Llevan mucho tiempo casados, es normal que ya no sientas la relación de la misma manera a cuando eran más jóvenes. Pienso que deberías hablar con él.

—Yo pienso que me está engañando tía, no sé, a veces se pierde por muchas horas durante el día, sale del trabajo temprano y llega a casa tarde.

— ¿Tú crees que Alexis sería capaz de engañarte? Él te ama mucho.

—Yo también lo amo, pero todo es tan confuso.

—Yo confío en que él no sería capaz de hacerte algo así, aún recuerdo la primera vez que vino aquí por ti, esa mirada inocente que tenía, y lo deslumbrado que estaba al verte.

—Espero que así sea, no creo poder perdonarle algo así.

—Y es así, jamás debes tolerar una infidelidad. La confianza es como un jarrón de cristal, una vez que se cae al suelo y se rompe, podrías tomar las piezas y pegarlas con goma, pero nunca volverá a ser lo mismo, y siempre estará frágil.

Al caer la noche, Clementina se despide de sus tíos y parte hacia su hogar. Lleva en sus manos, dos vasijas con comida para Alexis y Jair, pues sabe que siempre les ha gustado la comida de su tía. Cuando llega a casa, decide conversar con Alexis.

—Necesitamos hablar Alexis.

Él se camina hacia la ventana, estira las cortinas para que entre algo de brisa. Se sienta en el sillón contiguo.

— ¿Está todo bien amor?

—Hace algún tiempo que te noto distante, frio conmigo —le dice

— ¿Distante en qué sentido? —responde Alexis.

—Hace mucho tiempo que ni me tocas....

Alexis se queda en silencio por algunos minutos. Ella lo mira fijamente a los ojos, no obstante, el intenta bajar la mirada, no puede, pues los ojos de Clementina son muy hermosos, más hermosos que los de Mónica y que los de cualquier otra mujer que haya conocido.

—Te preguntaré algo, y quiero que me respondas con absoluta sinceridad.

—Dime.

—¿Me estas engañando con otra mujer?

—Yo te amo mucho mi vida, sé que hemos estado algo distantes, pero es en parte por el trabajo. A veces te veo llegar muy cansada. He querido muchas veces, pero veo que no estás de ánimo. No quería que te sintieras forzada a mantener intimidad conmigo, o tampoco lucir como un

hombre inconsciente. Jamás sería capaz de engañarte.

Clementina analiza cada palabra de Alexis,
en su interior, siente una especie de alivio.

—Por eso, es por lo que te amo tanto mi
cielo, porque no eres como el típico hombre ma-
chista. Ojalá más hombres pensaran como tú. Yo
pensé que estabas teniendo una aventura y que
por eso ya no sentías ganas de estar conmigo.

—No digas eso, no hay otra mujer con la
que yo quiera estar. Solo contigo —dice Alexis
mientras la besa apasionadamente.

La lleva tomada de la mano hacia la recamara, y entregan sus cuerpos a la más ferviente
de las pasiones, esa pasión que solo se siente al
estar con la persona que se ama de verdad.

Algunos días después, Alexis va al apartamento de Mónica.

—Hola, mi rey. ¿Cómo estás, papi? —saluda Mónica muy efusivamente.

—Tenemos que hablar Mónica —responde Alexis en tono enérgico.

—¿Qué pasa?

—No podemos seguir viéndonos más. Amo a mi esposa más que a nada en esta vida.

—Eso no era lo que me decías todas las noches que me hacías el amor.

—No puedo seguir engañando a mi esposa.

—Me imagino que arreglaste las cosas con ella, ahora ya no te soy útil.

—Tú eres una gran mujer, y mereces a un hombre que sea solo para ti.

—Me utilizaste solo como paño de lágrimas y para saciar tus más bajas pasiones. Ahora me desecha como un trapo sucio— responde Mónica con lágrimas en los ojos.

—No digas eso, además yo siempre fui sincero y te dije que era casado.

—Es mi culpa por poner los ojos donde no debía. ¿Dónde quedaron las noches que venias a mi pidiendo amor? Aquellas tardes que, al salir del trabajo, venias para recibir la atención, que, según tú, no obtenías de tu esposa. Aquellos días en que me abrazabas y me besabas. Aquellos días en que te entregue cada parte de mi cuerpo, de mi alma, de mis pensamientos, pero, sobre todo, de mi corazón....

Alexis baja la mirada, no puede evitar sentirse culpable por el sufrimiento de Mónica, pues sus palabras son ciertas, sin embargo, su amor por Clementina no le permite seguir engañándola un día más.

—Aquí están tus llaves, adiós Mónica.

Mónica no articula palabra alguna, mientras Alexis le da la espalda y se va. Al sentirse herida, toma la decisión de hablar con Clementina y contarle todo.

A la mañana siguiente, Mónica se aparece en la oficina de Clementina.

—Afuera la está buscando una señora. Dice que debe hablar con usted —le dice una de las asistentes a Clementina.

— ¿Dijo su nombre o que quería?

—No, solo dijo que era muy importante conversar con usted.

—Está bien. Iré a recibirla.

Clementina abre la puerta y camina hasta la recepción donde la espera Mónica, al llegar, está la mira de los pies a la cabeza.

—No imagine que fuese tan alta —le dice Mónica a Clementina.

—¿Usted me conoce? —responde.

—No, pero conocemos a alguien en común. A su esposo. ¿Hay algún lugar donde pueda conversar con usted en privado?

—Vamos al salón de conferencias.

—Está bien.

Ambas mujeres se dirigen por el corredor hasta dicho salón, una vez sentadas, Mónica empieza a relatarle en detalles todo lo que había sido su relación con Alexis; cuando se conocieron, todas las cosas que hacían juntos, y demás. Clementina solo escuchaba detenidamente cada palabra que Mónica decía. Esta última, en su mente, pensaba como Clementina era capaz de estar tan tranquila, a pesar de lo que ella le estaba contando.

Una vez terminado su relato, un silencio se apodera del salón de conferencias.

— ¿No tiene nada que decir? —pregunta Mónica.

— ¿Ha terminado de contármelo todo? — responde Clementina.

— Si.

—Bueno, muchas gracias. Permítame acompañarle hasta la salida.

—Pensé que era justo que usted lo supiera. Se que Alexis no iba a ser capaz de contarle todo.

—Entiendo —responde.

Al salir del edificio, Mónica piensa en la fría reacción de Clementina ante su confesión. Ella pensó que lograría desestabilizar emocionalmente a Clementina, sin embargo, no lo consiguió. Como la dama que es, supo guardar la compostura y a pesar de estar muriendo del enojo e ira ante tan miserable traición por parte de su esposo, decidió dejar las cosas de ese tamaño con Mónica. A fin de cuentas, Alexis fue el que mintió.

Al llegar a casa en la tarde, Clementina confronta a su esposo referente a la visita de Mónica a su trabajo. Alexis no dice palabra alguna y mira hacia el suelo.

—Tu silencio lo dice todo Alexis. Yo te di la oportunidad de ser sincero conmigo, te pregunte si tenías una amante y me dijiste que no. ¿Por qué lo hiciste?

—Tenía miedo de perderte. Terminé esa relación después de aquella noche que conversamos y arreglamos todo.

—Esa era la noche en que debiste contármelo todo. Si esa mujer no se aparece en mi trabajo a exponerte, jamás me lo habrías dicho y yo hubiese vivido engañada.

—Yo te amo Clementina, no sabes cuánto.

—Yo también te amo Alexis, más que a nada en este mundo, no obstante, el amor a veces no es suficiente, me mentiste —responde Clementina—. ¿Cómo crees que puedo volver a confiar en ti?

Alexis no dice nada.

—Me voy de la casa y me llevaré a Jair.

—No se vayan por favor, no te preocupes. Seré yo el que se vaya. Cuando nos casamos, yo jure procurar porque tú y los hijos que tuviésemos siempre tendrían un techo. No es justo que ustedes se vayan y yo me quede.

Acto seguido, Alexis va a recoger sus cosas, y va a despedirse de Jair. Le explica que por ahora no podrá seguir viviendo con él y Clementina, pero que lo visitará a menudo y que jamás olvide que lo ama mucho. Luego, Alexis se acerca a Clementina para darle un beso de despedida en la mejilla, esta quita la cara.

Algunos días después, Clementina y Alexis conversaron con Jair sobre la situación y por qué Alexis no viviría con ellos. Alexis cumpliría con los pagos de pensión mensuales y este tendría derecho a ver a Jair y pasar tiempo con él.

Capítulo VI

En lo que Clementina me está contando su historia, aparece ella, Alejandra. Con un vestido blanco, sin ninguna gota de maquillaje, y un bolso color piel.

—Buenas tardes. Disculpe que lo interrumpa don Rayo.

—No se preocupe Alejandra. No es ninguna molestia— respondo.

—Vi que la tumba de mi padre tenía flores frescas y el césped ya estaba cortado. Muchas gracias. — me dice mientras me entrega tres billetes de veinte dólares cuidadosamente doblados.

—Gracias. Es usted muy amable. Mire, le presento a la señora Clementina.

—Mucho gusto —dice clementina.

—El placer es mío —responde Alejandra.

—Alejandra perdió a su papá el mismo día que usted perdió a su hijo. Ella era muy pequeña, pero lo recuerda con mucho cariño.

—Lamento lo de su padre.

—Gracias. Así es, recuerdo como si fuese ayer. Las tardes en las que venía, ataviado con su uniforme, siempre me traía una barra de chocolate. Quisiera que estuviese conmigo, siempre tenía una respuesta para todo.

—Sé lo que siente, no hay día en que no extrañe a mi hijo. Fue verdaderamente terrible lo que ocurrió.

—Si, nuestra dignidad nacional fue pisoteada. Sabe, mucha gente piensa que mi padre merecía morir por el hecho de ser militar. Mi padre era un buen hombre. Él nunca cometió ninguna injusticia. Y, aun así, mucha gente dice cosas que son hirientes, sin saber los hechos.

—Lo sé, me consta que hubo muchos hombres de las fuerzas de defensa que si lucharon por amor a su país. No como otros que actuaron con cobardía y salieron a esconderse.

—Mi padre no fue ningún cobarde. De hecho, cuando todo paso, él estaba en casa con mi mama y conmigo. Mi mama le rogo que no se fuera, pero el insistió. Dijo que no podía quedarse de brazos cruzados viendo como nos estaban atacando. Así que resolvió salir, él y algunos hombres se apostaron a defender uno de los aeropuertos. Ellos se negaron a rendirse y abrieron fuego contra las unidades *seals* de las fuerzas armadas de Estados Unidos, estos respondieron al fuego y mi padre y sus hombres fueron acribillados por soldados invasores. El junto con algunos oficiales estaban al tanto que algo podía pasar, días atrás, compramos comida en el supermercado, como para tres meses, dijo que uno nunca sabe y era mejor estar preparado. Además, nos dijo a mi mama y a mí, que pasara lo que pasara, que siempre supiéramos el que nos amaba entrañablemente, y que jamás haría algo que pudiese ir en contra de sus principios. Siempre fue un hombre recto, y jamás estuvo de acuerdo con los vejámenes que cometía el general Noriega (MAN), ni a la abierta intromisión de las fuerzas armadas en el acontecer nacional, y como él había muchos hombres que pensaban igual, por eso se dieron dos intentos de golpe de Estado, antes de la invasión. Recuerdo cuando llamaron a mi mamá para que fuese a la morgue a reconocer el cuerpo, pegó un grito que asustó a todos los presentes, tenía orificios de bala por casi todo el cuerpo, no le quitaron el uniforme— dice Alejandra—. Hubo otros soldados de los nuestros que se apostaron en la azotea del edificio para impedir el avance de los blindados. Mi mamá y yo estábamos en nuestro apartamento, fue entonces cuando escuchamos el ruido de un lanzacohetes, seguido de un gran estruendo, fue como una especie de temblor. Era un helicóptero cayendo hacia el suelo.

—Yo recuerdo que eran muchos los cuerpos, algunos no pudieron ser identificados y nos dijeron que los enterráramos en fosas comunes.

—Quizás ese haya sido el paradero de mi hijo. Me duele nunca haber podido encontrar su cuerpo para darle cristiana sepultura.

—Y pensar que, a lo ocurrido, lo llaman una causa justa. ¿Es justo que civiles como su hijo hayan muerto? Lo de mi padre hasta cierto punto lo puedo entender, aunque el dolor me carcoma por dentro, a pesar de los años que han pasado, sé que era su trabajo. Él estaba preparado para un final así. Ahora la gente solo demuestra un llamado "nacionalismo" en las redes sociales, o participando en marchas y cierres de calles, que afectan a terceras personas. Yo evito ver televisión y el uso de las redes sociales. A veces me pregunto si la gente en este país conoce el concepto de conciencia ciudadana. Es precisamente ese pseudo nacionalismo, lo que dio origen en Europa a la segunda guerra mundial. En este país tenemos la memoria corta y los libros de historia los evitamos, cual enfermo de lepra o conjuntivitis.

—No es justo, y es en contra del ciclo de la vida. Se supone que mi hijo debería prepararse para enterrarme a mí, y no a la inversa. Luce bastante joven, es raro conocer a alguien alejada de los recursos tecnológicos de hoy día.

—Siento que la tecnología lejos de ayudarnos nos ha ido empobreciendo en esencia y cultura. Se supone que la tecnología nos sirva como herramienta, no que nosotros nos volviésemos sus esclavos.

—Tiene mucha razón, Alejandra —le digo.

—Sabe algo —dice Clementina a Alejandra— estaba conversando con Rayo sobre mi hijo y lo que ocurrió, intercambiando experiencias y opiniones, si gusta puede, quedarse con nosotros. Me agrada mucho su compañía, digo, si no le molesta.

—No me molesta, gracias por invitarme a formar parte de vuestra conversación, la verdad casi no hablo con nadie, y me siento cómoda.

Clementina prosigue contando su historia. Alejandra la mira fijamente, mientras ella hace uso de la palabra. Me pregunto en que estará pensando.

Otro detalle que me llamo poderosamente la atención la forma tan abierta en que Alejandra contaba en detalles la historia de su padre. No lo había hecho con nadie, es como si entre ellas dos existiese algún tipo de conexión, la cual facilita que ambas puedan abrir su corazón y contar lo que sienten.

Muchas veces en la vida, lejos de soluciones prácticas o complejas, lo que más necesitamos es desahogarnos, sentir que alguien nos escucha y que le importa. Alguien que nos preste atención detenidamente del mismo modo en que Alejandra lo hace con Clementina, y alguien que pueda sentir esa empatía, del modo en que yo la siento hacia ellas.

Mientras Clementina habla, Alejandra y yo escuchábamos atentamente. Esta última tira una manta que traía sobre el suelo, para no ensuciar su vestido con el césped, y se sienta.

Capítulo VII

Era casi el medio día, la profesora de español daba algunas instrucciones sobre la tarea que los alumnos debían hacer, y Jair no podía dejar de mirarla. Era la muchacha más bonita que había visto en su vida. Sus ojos expresivos, su sonrisa era encantadora. De tez negra y cabello alisado.

— ¿Cuándo te vas a animar a hablarle a Diana? — pregunta Víctor, su mejor amigo y compañero de aula.

— ¿Qué podría decirle?

—Cualquier cosa, dile que te ayude con la tarea, haz grupo con ella en algún trabajo, crea el ambiente.

—No sé, me da un poco de pena.

— ¡Silencio! —exclama la profesora. Todos miran hacia los últimos asientos donde están ubicados Víctor y Jair. Ella también voltea a verlo, sonríe levemente y luego vuelve a mirar hacia el frente.

—Viste, ella se te quedo mirando. Le gustas también. El ensayo de literatura es en grupo de cuatro. Ella siempre hace grupo con Liz, tu y yo podríamos hacer grupo con ellas y así tendrías oportunidad de estar cerca.

— ¿Tú crees? —responde Jair con cierto escepticismo.

—Claro. En el peor de los casos, solo te dirá que no le gustas y ya. No tienes nada que perder y mucho que ganar.

Al finalizar la profesora de dar las instrucciones, los estudiantes se agrupan para realizar la asignación. Víctor siempre ha tenido buena relación con Liz, la mejor amiga de Diana, de modo en que no hubo inconveniente en que formaran grupo de trabajo. Lo irónico es que había pasado algunas semanas desde el inicio de clase, y Jair no había intercambiado palabra alguna con Diana.

—Hola. Soy Diana. Creo que nunca habíamos hablado— le dice Diana a Jair con una voz dulce como la miel, y sonrisa un tanto pícara.

—Hola —responde Jair algo apenado.

Víctor y Liz sonríen entre ellos.

Cada uno comienza a aportar ideas para la asignación de la profesora, la cual era un análisis detallado de dos obrar literarias, "el ahogado" del autor panameño Tristán Solarte; y "la boina roja" de Rogelio Sinan.

—Que lastima que la profesora no nos asignó "Onda" en lugar de "La boina roja". — indica Diana con gran lamento.

— ¿Te gusta la poesía?

— ¿Por qué lo preguntas?

—Ondas de Rogelio Sinan es una antología de poesías.

—Mira, tienen algo en común, ambos son fanáticos de la literatura —dice Liz mientras sonríe.

—Ah sí, tal parece que seguro sacamos 5.0 en la asignación. — responde Víctor.

—Si, me gusta mucho. Tengo todos los libros de Rogelio Sinan en casa, mi abuelo es muy amigo de él.

—¿Tu abuelo es amigo de uno de los escritores más grandes de la literatura panameña e hispanoamericana? — dice Jair con asombro.

—Si, en mi casa se respira literatura, también es amigo de Joaquín Beleño, Tristán Solarte y Elsie Alvarado de Ricord. También Conoció a Octavio Méndez Pereira, Demetrio Herrera Sevillano, María Olimpia de Obaldía, Gil Blas Tejeria, Nacho Valdés, entre otros.

—Es increíble. Me imagino las conversaciones que tuvo con esos grandes autores.

—Mi abuelo siempre me ha dicho que la grandeza de un hombre no se mide por sus logros académicos y profesionales, sino por el tamaño de su corazón y su capacidad para hacer el bien en un momento determinado —responde Diana.

—Tiene mucha razón —dice Jair.

Al finalizar la jornada de clases, Jair se dirige a su casa, cuando es interceptado por Diana.

—Oye, ¿tienes algo que hacer ahora?

—¿No, por qué?

— ¿Te gustaría ir a mi casa para enseñarte algunos libros que tengo y así avanzar en la tarea de español?

Jair no podía creer lo que estaba pasando, su divino amor platónico la estaba invitando a su casa. Él no titubeó en responder.

—No tengo nada que hacer. Puedo acompañarte.

Ellos van conversando mientras caminan hacia la parada de autobuses. Diana en una casa, con su familia, en el corregimiento de San Francisco, un área residencial de la ciudad.

Al llegar a la casa de Diana, Jair se queda asombrado por el estilo de decoración, es como un viaje a finales del siglo XIX e inicios del siglo XX.

—Mamá, ya llegué. Vine con un compañero de clase. Subiéremos a la biblioteca a hacer una tarea.

—Está bien hija.

La casa de Diana tiene dos niveles y un patio grande. En el primer nivel consta de sala y comedor, cocina, cinco habitaciones y tres baños. Al fondo, un patio interior donde usualmente se sienta su abuelo a leer los diarios o a escuchar la radio. En el segundo nivel, está la biblioteca.

—Increíble. Debe haber más de mil libros aquí —dice Jair al ver la gran cantidad de libros que hay en la biblioteca.

—Hay mil ciento dos libros para ser exactos. Ven. – responde mientras lo toma de la mano— lo conduce hasta uno de los libros que están en una vitrina.

—Cien años de soledad. Es un gran libro.

—Así es, ábrelo —dice Diana.

Al abrirlo, Jair nota que el libro se encuentra autografiado por el propio Gabriel García Márquez. Dice algo así como "con cariño para mi gran amigo David, de Gabo".

—¿Quién es David?

—Mi papá. Trabajó en editorial sudameri-
cana, que fueron los que publicaron la novela. Mi
papá si siguió los pasos de mi abuelo. Mi abuelo
es editor y traductor.

— ¿Te llama también la atención la edición?

—Me apasiona la literatura, es como algo
intrínseco en mí, pero me gusta más analizar a las
personas.

— ¿De modo que me estas analizando
ahora mismo?

—Es correcto.

—¿Y qué piensas?

—Nada. Todavía sigo analizando.

—Oh bueno.

—Mira este otro libro —le dice mientras se
acerca a la sección de autores panameños. Los libros están organizados por país, por idioma y por
género.

—*Geografía de Panamá (1898)*. Lo he oído mencionar muchas veces, pero nunca había tenido la oportunidad de tener una copia en mis manos.

—Es el primer ensayo formal sobre Geografía de Panamá, escrito por el Ramon Maximiliano Valdés. Que llego a ser presidente de Panamá. Fue el primero en fallecer mientras ostentaba el cargo.

—Así es, y su legado más grande fue la fundación de la cruz roja panameña en 1917.

En ese momento, entra el padre de Diana. Un hombre alto, vestido de camisa de hilo, pantalón gabardina, bigote pronunciado y anteojos.

—Ese libro fue un regalo de una de las hijas del fallecido presidente Valdés. Eran muy allegados a la familia, pues mi abuela vivía cerca de la plaza catedral —responde el señor—. ¿Quién es el muchacho Diana?

—Él es Jair, es un compañero de clase. Vinimos a hacer una tarea de la escuela.

—Mucho gusto señor —dice Jair mientras estrecha la mano de don David.

—El placer es mío. Es agradable ver a alguien que aprecie la literatura, y que tenga conocimientos de historia patria.

—Todo deberíamos conocer nuestra historia, pues el conocimiento de los hechos pasados nos ayuda a comprender mejor el presente.

—Así es muchacho. Bueno, los dejare para que puedan seguir haciendo sus deberes.

—Disculpe, ¿me podría prestar su teléfono? Quisiera llamar a mi madre a su trabajo para decirle que estoy aquí. No quiero que se preocupe.

—Desde luego muchacho. Úsalo con confianza. Esta abajo en la sala —responde don David con tono bonachón.

Mientras Jair baja para usar el teléfono, Diana se queda a solas con su padre.

—Diga lo que va a decir papá —dice Diana con tono sarcástico.

—No tenía pensado decir nada.

—Ni usted mismo se cree eso.

— ¿No me vas a preguntar que pienso del muchacho?

—Es solo un compañero de clase.

—Luce un buen muchacho. Se nota que tiene mucha cultura. No emplea ese lenguaje coloquial que he sido sometido a escuchar, gracias a los pelafustanes que has traído anteriormente.

—Sobre todo.

—Aparte llamó a su mamá para decirle que estaba aquí. Eso indica buena relación con sus padres.

—Bueno, debo admitir que tienes un buen punto.

—Quédate con él, hija. Aparte los chiquillos de ahora se la pasan fumando monte y escuchando esa música estridente de Jamaica.

— ¿Se refiere al reggae? —responde Jair.

—Esa misma. ¿hace que tanto que estabas detrás de mí?

—No mucho, no se preocupe. Solo alcance a escuchar música estridente que viene de Jamaica.

Diana luce un tanto apenada por los comentarios de su papa.

—Bueno, con permiso. Iré a leer el periódico.

Diana y Jair se sientan en la gran mesa a leer algunos de los ensayos y análisis realizados con relación a la boina roja, por otros autores. Esto con el ánimo de tener una mejor arista sobre la obra. Hacen lo mismo con el ahogado. Se quedan aproximadamente dos horas.

La noche esta próxima a caer, y Jair se despide de Diana.

—Me gustó mucho tu compañía Diana. Gracias por invitarme.

—De nada.

— ¿Podré verte de nuevo?

—Claro. Lo único que no entiendo es por qué si siempre me mirabas en el salón, nunca te atreviste a hablarme. Fue Liz quien me dijo que era obvio que yo te gustaba.

—Tenía algo de pena. Lo siento. – dice mientras toma su mochila para irse.

Ella sonríe y se acaricia el cabello.

—Está bien. —responde—. Chao.

— Hasta luego.

Algunos días después, Jair aborda a Diana al salir de clase.

—Quisiera preguntarte algo —dice Jair.

—Claro, dime. – responde Diana.

— ¿Te gustaría ir por un helado?

Diana se queda pensando por algunos segundos, mientras lo mira fijamente a los ojos.

—Depende, ¿es una cita?

—Tal vez.

— ¿Tal vez sí o tal vez no?

—Está bien, si es una cita.

— ¡Oh! Bueno, en ese caso entonces si acepto.

—Eres muy persuasiva.

—No realmente, solo que me gusta ir al grano. Me gusta la sinceridad, me agrada que por lo menos demostraste cuales eran tus intensiones.

—Tenía algo de pena.

—Pena da robar, pena da avasallar a todo un pueblo, por la voluntad de las clases sociales privilegiadas o por orden militar.

—Tienes razón.

Jair y Diana fueron a un sitio donde venden helados, muy conocido en la ciudad; y en el camino van conversando de diversos temas. Sus ojos expresivos color café, hacían que Jair cayera derretido a sus pies cada vez que la veía. Podían conversar prácticamente de cualquier tema: literatura, política, historia, cine, música, etc.

La atracción era mutua, y comenzaron a salir, cada vez más seguido. Al punto que se hicieron novios. Tanto los padres de Diana como los de Jair, estuvieron de acuerdo con la relación, siempre y cuando no afectara en nada los estudios de ambos.

Cierta tarde, al final de la jornada escolar, Jair y Víctor Manuel conversan. Jair está muy feliz desde que inició su relación con Diana.

—La verdad nunca te había visto tan feliz— le dice Víctor Manuel.

—Bueno, la verdad me siento bastante bien desde que estoy saliendo con Diana. Ella es muy especial.

—Milagro que hoy no te fuiste con ella, desde que andan juntos, siempre la acompañas hasta su casa.

—Si, lo que pasa es que hoy Diana tenía que acompañar a su madre a buscar un paquete que llegó del extranjero.

—Entiendo, oye estaba pensando, ¿Por qué no hacemos una doble cita y salimos los cuatro (Diana, tú, Yorlenis y yo)?

—Me parece bien. ¿Qué tal este sábado? Podríamos ir por unos batidos.

—Estoy de acuerdo, le diré a Yorlenis.

—Yo le diré a Diana.

—Nos vemos amigo.

—Hasta pronto.

Al caer la tarde, luego de hacer la tarea, Jair llama por teléfono a Diana.

— ¿Cómo te fue hoy mi cielo?

—Bastante bien, luego de buscar el paquete fuimos al supermercado a comprar unas cosas.

—Qué bueno, estuve pensando en ti toda la tarde.

—Yo también, te quiero mucho.

—Y yo a ti. ¿Te gustaría que saliéramos este sábado con Víctor Manuel y su novia?

— ¿Sera como una cita doble?

—Supongo que sí.

—Me agrada la idea, aunque no me agrada mucho Yorlenis. Esa muchacha tiene como una mala vibra.

—A mí tampoco, pero Víctor Manuel está muy entusiasmado con ella, no quiero que sienta que no tiene mi apoyo como amigo.

—Bueno, es verdad. Quizás nos estemos equivocando y juzgamos mal a la muchacha.

—Amanecerá y veremos.

Luego de conversar por una hora, se despiden.

Mientras tanto, Víctor Manuel está en su casa con Yorlenis. Le plantea la idea de salir en una cita con Jair y Diana.

—No sé, tú sabes que tu amigo y su novia me odian.

—No digas esas cosas, ellos no te odian. Si ni siquiera te conocen.

—Pero las veces que nos hemos visto me hacen mala cara.

—Hazlo por mí, tú sabes que Jair es como un hermano para mí.

—Está bien. Lo hare por ti.

—Gracias, hermosa —dice Víctor Manuel mientras le da un beso.

En ese momento sale el padre de Víctor Manuel a la sala, le indica que es tarde y que es mejor que Yorlenis ya se vaya a su casa. Víctor Manuel se ofrece a acompañarla, no obstante, ella le dice que no es necesario, pues vive relativamente cerca, a tan solo unas dos calles.

Al llegar el sábado, Víctor Manuel va a buscar a Yorlenis hasta su casa, para encontrarse con Diana y Jair en la casa de este último. Yorlenis luce un vestido de flores estampado muy corto, que deja ver sus prominentes muslos, y unos zapatos color chocolate claro. Su cabello lacio y un delineador pronunciado en sus ojos.

Al encontrarse con Jair con Víctor Manuel, estos se saludan.

—¿Cómo va todo amigo? —dice Jair mientras le da la mano a Víctor Manuel.

—Todo bien, llegamos algo tarde. Yorlenis demoró un poco arreglándose.

—No te preocupes, yo entiendo. —responde Jair mientras saluda de beso a Yorlenis. Víctor Manuel hace lo mismo con Diana.

—No le hagas caso, está exagerando. Solo me demoré unos minutos —responde Yorlenis.

—Hola Yorlenis —dice Diana.

—Hola —responde Yorlenis, un tanto fría.

—Bueno, vámonos.

Se dirigen a un popular restaurante de temática acuática, donde venden batidos, helados, comida y otras cosas. Diana solo mira de arriba hasta abajo a Yorlenis. Diana va caminando tomada de la mano por Jair, mientras Víctor y Yorlenis caminan delante de ellos, igualmente tomados de la mano.

—Mira como esta vestida— le susurra al oído a Jair— ¿te parece que así se viste una muchacha decente? Además, mira las marcas que tiene en el brazo.

—No digas nada, que Víctor se dará cuenta que estás hablando mal de su novia.

—No estoy hablando mal, solo digo la verdad.

—¿Está todo bien allá atrás? —pregunta Víctor.

—Si, todo bien —responde Jair.

—Pero no se queden por allá —dice Yorlenis.

Al llegar al restaurante, se sientan en una de las mesas. Víctor y Yorlenis comienzan a conversar; mientras Jair y Diana están callados, ambos lucen algo incomodos. Diana nuevamente le susurra algo al oído a Jair, mas este le dice que no diga nada, pues Víctor podría darse cuenta. Yorlenis por su parte, mira a Diana con cierto desprecio, por ser negra y por no tener el cabello lacio como ella. Diana lo nota, mas no dice nada para no traer problemas.

—Sera mejor que acompañe a Diana a su casa, ustedes pueden quedarse si lo desean —dice Jair.

— ¿Pero por qué? ¿Algún problema?

—Es mejor así —responde Jair.

—Déjalo que se la lleve, a fin de cuentas, es obvio que no me soportan.

—No digas eso, Yorlenis —dice Jair.

—Ella me ha estado mirando feo.

—¿Disculpa? Eres tú quien no ha parado de mirarme feo desde que me conoces. ¿Es porque soy negra? —le dice Diana.

—No seas ridícula.

—Hace un rato cuando estabas hablando con Víctor y necesitabas la sal para tus papas fritas, te pasé el salero y no quisiste tocarlo con la mano, en cambio cuando Jair te pasó el frasco de salsa de tomate, si lo tomaste sin limpiarlo.

—Vámonos Diana.

—Si, anda ve y llévate a esta negra asquerosa y ridícula.

—Yorlenis, no llames así a Diana —dice Víctor.

—Pero me está insultando...

—Ella no te ha dicho nada— dice Jair—. Nos vemos pronto, Víctor.

—Te pido una disculpa, no sé qué le pasa a Yorlenis.

— ¿No sabes que me pasa? ¿Te complazco y así es como me tratas? —responde Yorlenis, con tono de voz bastante elevado.

La gente en el restaurante se queda silenciosamente observando la escena.

—Ojalá dejes los prejuicios a un lado, y seas mejore persona —dice Diana mientras se va. Jair la sigue. Yorlenis se queda en la mesa con Víctor.

—Trataste muy mal a Diana, deberías pedirle una disculpa.

—De ninguna manera, fue ella quien me ofendió a mí.

—Aun si ella te hubiese ofendido, cosa que no hizo en ningún momento, uno demuestra educación, y da lo mejor de sí. Uno no se rebaja al nivel de la persona que te trata mal. Diana te ha dado una importante lección hoy, pues a pesar de lo mal que la has hecho sentir, ella en ningún momento te ofendió ni utilizo los epítetos que tú has utilizado para referirte a ella.

Yorlenis al ver la cara de seriedad de Víctor, empieza a llorar.

—Ay mi amor, perdóname. Tal vez no haya dado lo mejor de mí, pero es que tienes que entender que no estoy acostumbrada a estar cerca de personas como ella.

— ¿Personas como ella? ¿A qué te refieres con eso?

—Tú sabes —dice Yorlenis mientras toca su brazo, dejando entre ver que se refiere al color de piel de Diana.

—Es más que obvio que no te estas escuchando a ti misma, será mejor que nos vayamos.

Víctor paga la cuenta, y se va. Luego acompaña a Yorlenis hasta su casa, durante el trayecto permanece callado. Al llegar a la casa de esta, ella trata de besarlo, sin embargo, él le quita la cara.

—¿Hasta cuando vas a estar molesto conmigo?

—La manera en la que te comportaste deja mucho que desear de ti.

—Perdóname mi cielo, no fue mi intensión. Mira, te prometo que le pediré una disculpa a

96

Diana. Pero por favor no te pongas bravo conmigo— dice Yorlenis con los ojos aguados.

—Pues espero que lo hagas, y sobre todo que sea sincera y no que lo estés haciendo solo para quedar bien conmigo.

—Es sincero, me disculpare con ella.

—Está bien.

Mientras tanto, Jair acompaña a Diana a su casa, al llegar, ella le da las gracias por haberla defendido.

—No tienes nada que agradecer. Se notaba que estabas incomoda por la forma en que Yorlenis te estaba tratando.

—Te quiero mucho.

—Y yo a ti.

Ambos se dan un abrazo y luego se dan un beso de despedida.

Capítulo VIII

Jair y Víctor Manuel siempre han tenido una buena relación de amistad, son como hermanos. Esa relación fue decayendo con el pasar del tiempo, lo que entristecía un poco a Jair.

Cierta mañana de sábado que Jair estaba en el supermercado, se encontró con el padre de Víctor.

—Buenos días don Camilo. ¿Cómo ha estado? – saluda Jair muy jovial.

—Que tal muchacho. Bueno bastante bien. Aunque estoy algo preocupado por Víctor. ¿Has tenido la oportunidad de conversar con el recientemente?

—La verdad no, de un tiempo para acá ha estado algo distante. Tal vez por lo que paso la última vez que salimos. Su novia trato muy mal a Diana.

—Sabía que era por esa muchacha con la que está andando. No me gusta para nada.

98

—Eso he pensado, pero lo hace feliz. Supongo que eso es lo que más importa al final.

—Pensé lo mismo, no obstante, me enteré de que esta muchacha anda en malos pasos. Le han visto consumiendo *crac* e incluso con besándose con hombre mayores que ella en una cantina por Calidonia. Como es sobrina del coronel Batista, nadie le dice nada. Le di el voto de confianza, hasta que lo vi con mis propios ojos —dice Camilo con cierto tono de preocupación.

—Bueno, lo de las drogas era algo que había escuchado, pero al igual que usted, pensé que se trataba de rumores infundados. Ahora que lo pienso, su aspecto físico también la delata. Recuerdo que cuando recién la conoció, le comenté a Víctor que lucía mayor que nosotros, él me decía que era mera percepción mía. Salí de dudas cuando la vi con uniforme del *IJA (instituto Justo Arosemena)*, pues Diana luego me comentó que conoce a una amiga de esa escuela, la cual cursa el mismo nivel que ella. Esta amiga de Diana está en cuarto año.

—Entiendo. ¿Sera posible que tú puedas hablar con él? A mí se no me quiere escuchar, la verdad no sé qué más hacer. Tu eres su mejor amigo, casi como un hermano. Quizás a ti si te escuche.

—Bueno, la verdad no sé. Hemos estado distanciados un poco, sin embargo, creo que puedo intentarlo.

—Sería bueno. Pasa a cenar esta noche con nosotros, y de paso conversas con él. Nelva va a cocinar algo.

—Está bien.

—Nos vemos entonces.

De regreso a casa, Jair no deja de pensar en la conversación con don Camilo. Nunca lo había visto tan preocupado. Él siempre se mostraba como un hombre fuerte, e incluso hablaba del abandono de la mama de Víctor sin tapujos, no obstante, su talón de Aquiles es su hijo. Por él, haría cualquier cosa.

Jair comenta con su madre sobre la situación con Víctor. Esta conversa con él y le indica cuan imperante es mostrar su apoyo en un momento tan difícil como ese. Si bien es cierto, nadie experimenta por cabeza de otro, y al final del camino, cada uno debe vivir sus propias experiencias, es difícil saber que un amigo podría estar tomando una mala decisión, y quedarse de brazos cruzados. Dicen que amigo no es solo el que está contigo en los momentos de alegría, sino también, aquel que te aconseja, que te apoya en los momentos difíciles, aquel que, sin importar el tiempo y la distancia, está allí para ti.

Al caer la tarde, Jair sale a la casa de Víctor para la cena. En el camino va meditando que palabras decirle. Mucha influencia hace las palabras que escogemos cuando queremos exponer nuestra opinión sobre un determinado tema, y Jair lo sabe. Por eso es consciente que debe ser cuidadoso con las palabras que va a emplear, primero para no enojar a su amigo, que no sienta que se están metiendo en su vida privada, y, sobre todo, que no sospeche que su padre le pidió que hablara con él. Camilo le había indicado previamente a Jair que mantuviesen en secreto, aquella conversación que tuvieron en el super, más temprano en el día.

Al llegar, Víctor saluda muy efusivamente a su amigo y le indica que hacía mucho tiempo que no le veía. Esto sorprende a Jair, ya que precisamente Víctor es quien se había distanciado, no obstante, Jair maneja la situación bastante bien y le indica que había estado ocupado con algunos proyectos de su papá. Jair es consciente que nada ganaría con contradecirlo y reclamarle por su distanciamiento.

La cena transcurre con total normalidad. Camilo trata de entablar conversación con Víctor, aunque este luce un tanto distraído. La novia de Camilo se prepara para levantar los platos de la mesa.

Víctor mira su reloj. Son casi las nueve de la noche.

—Voy a salir un rato. Gracias por venir Jair. Es bueno que pases tiempo por acá. —dice Víctor mientras le da la mano a Jair.

—Es algo tarde Víctor, no deberías andar por la calle —responde Camilo.

—Es aquí mismo cerca, solo veré a Yorlenis un rato.

Camilo hace un gesto de negación con la cabeza mientras pone su mano sobre su barbilla.

— ¿Puedo hablar contigo un momento antes de que te vayas? — pregunta Jair—. No tardaré mucho.

—Seguro amigo. Por tu tono parece ser algo grave. ¿De qué quieres hablar?

—Preferiría que fuese en privado, claro, si no te molesta.

—Está bien.

Ambos se alejan del comedor donde están don Camilo y su novia Nelva.

—Ya estamos solos. ¿De que querías que habláramos? — pregunta Víctor.

—Es sobre Yorlenis.

—No puede ser. ¿Tú también? Mi papa ya te metió sus ideas en la cabeza.

—Tu Papa solo quiere lo mejor para ti. Eres su único hijo. Aparte tú mismo viste como trató a Diana la vez que salimos.

—Si quisiera lo mejor para mí, me dejaría tomar mis propias decisiones. Con referente a lo de Diana, Yorlenis luego intento disculparse después que hablamos con más calma, pero tu novia no quiso aceptar las disculpas.

—Tu padre está dejando que tomes tus propias decisiones. No te ha prohibido que sigas saliendo con ella.

—No, pero ha puesto a todos en mi contra, incluyéndote.

—No estoy en tu contra, nadie está en tu contra. Solo queremos ayudarte.

—Estoy enamorado de ella, del mismo modo en que tú quieres a Diana, yo la quiero a ella. Tal vez no sea tan culta y refinada como Diana, pero es la mujer que siempre soñé. Me comprende y me escucha.

— ¿Sientes que ella te corresponde? ¿Ella te quiere con la misma fuerza e intensidad con la que tú la quieres?

—Claro que sí. Lo sé—

— ¿Estás seguro de eso?

—Desde luego. ¿Por qué me haces estas preguntas?

—Quiero hacerte entrar en razón. Quizás suene cruel lo que te voy a decir, pero eres mi mejor amigo, eres como mi hermano y no quiero verte sufrir. Víctor toma en cuenta que ni tu propia madre te quiso, te dejo abandonado cuando eras muy pequeño, y tu padre y tus abuelos te sacaron adelante. Ahora está la señora Nelva que en el poco tiempo que lleva en la vida de ustedes, te ha aprendido a querer como si fueras su hijo. Ahora bien, tomando en cuenta ese panorama, ¿Qué te hace pensar que una muchacha cualquiera te va a querer más que tu propia madre que fue quien te parió? ¿Qué te hace pensar que ella te va a querer más que tu propio padre?

Víctor al escuchar estas palabras se le comienzan a aguar los ojos.

—No es mi intensión hacerte daño con mis palabras y esto no significa que por el hecho que tu madre no te quiso, ninguna otra mujer o que nadie te va a querer, solo quiero que seas precavido, que investigues por tu propia cuenta y que no te dejes segar por la ilusión.

—Yo sé que no quieres hacerme daño, y te agradezco por tus palabras. Estaba cegado por mis sentimientos hacia Yorlenis, los cuales me impedían ver las cosas con claridad. También sé perfectamente lo de las drogas, las salidas en la noche, y demás. Solo que preferí hacer de la vista gorda para no perderla. Voy a terminar con ella, nuestra relación se ha vuelto toxica, y me está alejando de la gente que quiero. Un verdadero amor jamás de alejaría de la familia y los amigos. Gracias por hacerme entrar en razón. — Le dice Víctor mientras le da un abrazo a su amigo.

—No tienes nada de que agradecerme. Para eso somos amigos, además sé que tu hubieses hecho lo mismo por mí.

—Desde luego, aunque sabemos que tú eres inteligente, por eso estas con Diana. Estas bateando en las grandes ligas. – responde Víctor con una sonrisa.

—Ja, ja, ja, ja, ja. Volvamos al comedor, junto a tu padre y la señora Nelva.

Todos continúan cenando y conversando amenamente. Al terminar la velada, Camilo se despide de Jair, no sin antes agradecerle por la conversación que tuvo con Víctor.

Capítulo IX

Son casi las 6:30 am. Clementina prepara el desayuno, mientras Jair se alista para ir a la escuela.

— ¡Ya casi está listo el desayuno! —grita Clementina.

—Voy mamá —responde Jair.

—Si te demoras, no te dará tiempo de comer y llegaras tarde.

—No se preocupe. Tendré tiempo.

Al cabo de unos minutos, ambos se sientan a la mesa a desayunar, mientras escuchan las noticias en la radio. La crisis económica se agudiza, debido al bloqueo económico orquestado por el gobierno de Estados Unidos, a tal punto, que el banco nacional se ve en la necesidad de detener las operaciones bancarias pues no hay papel moneda. Los salarios de algunos funcionarios públicos no son pagados, mientras otros cobran por un sistema de vales.

El bloqueo económico se debe al interés del gobierno de Estados Unidos de acabar con la dictadura imperante en el país.

—Siento que falta poco para que el régimen en el que vivimos se acabe —le dice Jair a su madre.

—Ojalá. Esta crisis económica no se aguanta, aunado a la inseguridad en la calle, por las protestas que se han realizado. En el periódico mostraron imágenes de como las unidades anti disturbios sometían vilmente a varias personas.

Al terminar el desayuno, Jair se despide de su madre. Esta levanta los platos, y se termina de alistar para ir a su trabajo.

En el camino a la escuela, Jair piensa en la difícil situación por la cual pasa el país, se pregunta qué destino le espera si las cosas siguen tal como están, es consciente de la importancia de una participación de los jóvenes en el acontecer nacional.

Jair llega a la escuela, saluda a algunos compañeros en la entrada. Se dirige al salón de clases.

— ¿Cómo estas, amigo? — le dice Víctor.

—Bastante bien. — responde— escuchaba en la radio las noticias mientras desayunaba con mi mamá.

—Oye sí. La crisis económica se agudiza, escuche que hay algunos profesores y estudiantes de último año que están organizándose para salir a protestar a la calle. Hay padres de familia que están apoyando.

—No sabía eso.

—Si. Mi papá dice que nosotros los de quinto deberíamos salir a las calles también.

En lo que está conversando, entra el profesor de historia y geografía al salón.

—Buenos días jóvenes.

—Buenos días —responden al unísono.

El profesor coloca su maletín sobre el pupitre, se arremanga la camisa y se para en el centro del salón. Afuera, un día soleado, a pesar de estar en plena estación lluviosa. Las imponentes ramas de los arboles contiguos al edificio, brindan una sombra increíble.

—Jóvenes lo que les voy a conversar es algo delicado —indica el profesor con tono enérgico.

Todos se quedan sorprendidos ante tales palabras. Comienzan algunas murmuraciones.

—Hagan silencio, por favor —indica—. Como es de conocimiento público, nuestro país ha venido afrontando una difícil situación social y política, que ahora también se ha tornado economía, ha diversos grupos de la sociedad civil protestando en las calles. Nuestro plantel hará lo mismo, pues como formadores, nuestro deber es crear una conciencia cívica a ustedes, que son el futuro de nuestro país. En reiteradas ocasiones hemos conversado sobre el contexto social y político que origino el golpe de Estado hace casi 20 años atrás. Ustedes no habían nacido, y quizás muchos pensarán que no es importante, pues les digo que, si lo es, pues comprender el pasado, nos ayuda a enfrentar los problemas del presente y evitar situaciones funestas en el futuro. El presente no es más que el producto de las malas decisiones del pasado. Como habrán escuchado en los pasillos, los estudiantes de último año y los profesores nos estamos organizando para salir a las calles, hay algunos docentes que no apoyan la iniciativa, no porque sean menos patriotas o porque sientan que la crisis no les afecta, sino por el tema de la seguridad. Nuestra causa es justa, no obstante, el precio a pagar es elevado, tal vez seamos duramente reprimidos por los efectivos militares. En lo personal, no puedo, ni es mi intensión hacerlo, obligar a nadie a participar, pues todos tienen el criterio lo suficientemente formado para comprender la gravedad de la situación, y de cómo los va a afectar a ustedes.

El profesor hace una leve pausa en su discurso. Un estudiante aprovecha y alza la mano para participar.

—Dígame, Ramírez. Lo escuchamos —dice el profesor.

—Profesor, creo que hablo por todos al decir que estamos de acuerdo con lo que usted plantea acerca de la situación política y económica del país. Es difícil para nosotros quedarnos sentados de brazos cruzados mientras pasan todas estas cosas. Cuente conmigo.

En ese momento todos asintieron la cabeza en señal de aprobación a lo que el joven plantea.

Al día siguiente, varios estudiantes (incluyendo Jair) decidieron salir a las calles a protestar en contra del régimen.

Dichos estudiantes fueron sancionados, y las protestas reprimidas por las unidades antidisturbios.

Mas tarde, en casa, Jair comenta con su madre lo sucedido.

—Acaban de decir en la radio que el instituto nacional ha sido cerrado.

—Es verdad, la protesta seguirá dentro de la escuela, hasta que sea reabierta. Continuaran con una huelga de hambre. Yo quiero formar parte de esa protesta madre.

—Lo sé, pero te pido por favor que no vayas, no quiero que nada malo te pase. No me lo perdonaría.

—Pero es mi deber mamá...

—Tu deber es estudiar, graduarte y ser un hombre de bien, de modo que puedas hacer la diferencia.

—¿Usted cree que haya posibilidad para un cambio?

—Claro que sí. La esperanza es lo último que se pierde, El otro año habrá elecciones, veremos qué pasa. Por lo pronto, quédate en casa hasta que la situación se normalice.

—Está bien, por usted me quedaré en casa.

Clementina le da un fuerte abrazo a su hijo.

Al llegar el fin de semana, se corre el rumor que los estudiantes que se mantenían atrincherados en el plantel serian desalojados. Estos estudiantes contaban con el apoyo de varios padres de familia, estudiantes universitarios, e incluso del

personal administrativo del plantel. A media noche del domingo 18 de septiembre, se escuchaba
la sirena del carro de los antimotines, en compañía de varios efectivos del G-2 (estamento de inte-
ligencia militar), los cuales abruptamente ingre-
san al plantel por la puerta principal; armados
con hachas, tubos y mazos, mientras los antimotines lanzaban bombas lacrimógenas y realizaban
disparos dentro del plantel.

Un grupo de estudiantes tuvo tiempo de
apilar algunas bancas y pupitres en la entrada, lo
que demoró el ingreso de los efectivos militares,
dando lugar a que algunos pudiesen esconderse o
salir del edificio. El suministro de energía eléctrica
fue interrumpido en toda la cuadra contigua, para
proceder con la persecución y posterior golpiza a
los estudiantes. Muchos de ellos resultaron con
heridas de gravedad (entre ellos Víctor), aun es-
tando tirados en el suelo del dolor, los militares
seguían golpeándolos salvajemente, obligándolos
a que se pusieran de pie.

Los medios de comunicación se hicieron
eco de este asalto.

—Mira hijo, los militares se tomaron el instituto nacional. — le dice Clementina a su hijo mientras observa algunas imágenes que están pasando por la televisión.

—Si, dicen que pondrán a otro director y las clases reiniciaran.

—Viste y tú que querías ir a formar parte de la protesta, mi sexto sentido de madre me dijo que no debías ir.

—Es cierto, gracias mamá. —responde Jair mientras le da un abrazo a Clementina.

—Oye, ¿y llamaste a Diana? —dice Clementina – ella estuvo llamando anoche.

—Si, quedamos en vernos al medio día para ir a ver a Víctor, resulto herido durante el asalto a la escuela.

—Pobre muchacho, ojalá se recupere pronto. Por otro lado, me alegra mucho que las cosas vayan bien con Diana. Esa muchacha es buena, desde que estas con ella, he notado que tienes mejor semblante.

—Mama, no diga esas cosas por favor.

—Es la verdad. — le dice mientras le da un beso en la cabeza y acaricia sus hombros.

Desde que el tirano tomó control de la comandancia en 1983, todas aquellas conquistas sociales quedaron en el olvido, todo el progreso económico se vio estancado debido a malas decisiones que se tomaron, desde la cúpula del Estado mayo. Aquella revolución del 11 de octubre de 1968 que había logrado consolidarse gracias al liderazgo del general Torrijos, parece desmoronarse, pues ya no cuenta con el apoyo del pueblo. Y es que algunos hombres y mujeres se engrandecen al llegar a un cargo público, y se les olvida que el poder viene del pueblo. El tirano llego al poder luego de darse la trágica muerte del general Torrijos en 1981. El siguiente que debía quedar al mando de la comandancia era Florencio Flores, pero al jubilarse, queda en manos del general Rubén Darío Paredes. Esta acepta la comandancia para poder ser candidato a la presidencia de la república en las elecciones de 1984, pues supuestamente contaría con el apoyo de los partidos políticos a fines a los militares, mas estos deciden apoyar al economista Nicolás Ardito Barletta (quien resultó electo), quien se enfrentó al tres veces presidente de Panamá, doctor Arnulfo Arias Madrid en unas elecciones que fueron toldadas de fraudulentas por muchos.

Barletta al querer investigar lo ocurrido con el medico guerrillero Hugo Spadafora (cuyo cuerpo fue encontrado sin cabeza), fue depuesto por la asamblea nacional, de modo que su vicepresidente, Eric Arturo Delvalle asume el poder, de 1985 hasta febrero de 1988 cuando la crisis política, social y económica se agudiza, este decide destituir al tirano de su puesto de general de los ejércitos, sin embargo este emplea su poder en la asamblea nacional y logra la destitución de Delvalle, y de su vicepresidente Roderick Esquivel. Es entonces designado Manuel Solís Palma como ministro encargado de la presidencia, hasta el 31 de agosto de 1989, cuando se terminaba el periodo constitucional para el que fue elegida la formula Barletta-Delvalle.

Capítulo X

Luego de las protestas propiciadas por los estudiantes y el allanamiento a la escuela por parte de los militares, el plantel fue reabierto y designaron a un nuevo rector, el cual era afín al régimen.

Clementina se sentía más tranquila que la escuela fue reabierta y que Jair pudo terminar el quinto año sin complicaciones. La crisis seguía imperando en el país.

—Hijo, participar de las protestas es un acto loable; demuestra conciencia social y, sobre todo valentía, pero te pido por favor que este último año trata de tomarlo con calma. Solo quiero verte graduado y que puedas ir a la universidad— le dice Clementina a Jair.

—Yo se mamá, no te preocupes. Voy a traerte ese diploma. Te lo prometo —responde.

Él se acerca a su madre y le da un fuerte abrazo.

—Tenemos que prepararnos para tu graduación.

—Si. Estaba pensando en la posibilidad de conseguir un trabajo de medio tiempo para ayudar a sufragar los gastos. Soy consciente del sacrificio que mi papá y usted hacen para que no me haga falta nada.

—No es necesario, además no creo que tu padre este de acuerdo. Lo que más queremos es que te enfoques en tus estudios y seas un profesional.

Pasan algunas semanas y las clases en la escuela transcurren con normalidad. Jair se esmera para poder obtener las mejores calificaciones, y así poder aspirar a una beca para poder estudiar derecho.

El domingo que es el día libre de Alexis, este aprovecha para ir a visitar a su hijo. Pese a la separación con Clementina, él nunca ha perdido el contacto con su hijo, ni ha dejado de brindar su apoyo emocional y económico.

—¿Cómo estas, hijo? —saluda Alexis a Jair mientras le da un abrazo.

—Estoy bien.

—Ya este es tu último año. ¿Has pensado bien en qué carrera vas a estudiar?

—Si, aún sigo pensando en estudiar derecho. Estuve investigando y si mantengo buenas calificaciones, puedo aspirar a una beca para poder ir a la universidad, sumado al empleo que consiga, tendré la posibilidad de comprar mis cosas y ahorrar algo de dinero.

—Lo de la beca me parece bien, aunque no creo que sea buena idea trabajar mientras estudias. Eso no es fácil. Tu madre y yo lo hicimos y nos tomó más tiempo.

—Hazle caso a tu padre, en eso si no está mintiendo —interrumpe Clementina.

En ese momento Alexis se levanta del sillón para saludar a Clementina. Sus ojos aun reflejan el mismo brillo al ver a Clementina, como cuando eran jóvenes.

— ¿Cómo estás? —pregunta.

—Estoy bien, gracias por preguntar Alexis. — responde ella con un tono bastante seco.

—Pero aun cuando les tomo más tiempo, lo lograron. Ambos son profesionales —dice Jair.

—Es cierto, pero escogimos estudiar y trabajar porque ya estábamos juntos e íbamos a formar un hogar. Sabíamos que, para eso, era necesario tener dinero. Además, queríamos tener un hijo, y era injusto traerte al mundo a que pasaras trabajo. ¿Dime, te ves pasando el resto de tu vida junto a Diana? ¿qué planes tienen cuando se gradúen de la escuela?

—No lo sé, la verdad no había pensado en eso. La quiero muchísimo.

—¿La quieres o la amas? —dice su madre— esa es la verdadera pregunta.

—¿Cuánto tiempo llevan de novios? ¿dos años?

—Un año y medio.

— ¿Has hablado con Diana de lo que harán una vez se gradúen?

—Hemos tocado ese tema algunas veces, lo que si tenemos claro es que queremos seguir estudiando.

—Eso es bueno, si la situación a veces es difícil para aquellos que estudiaron y tienen un título bajo el brazo, imagínate para aquellos que no.

—Es cierto — responde Jair.

Se quedaron conversando un rato en la sala, mientras Clementina doblaba una ropa en la habitación contigua. Pese a la separación, Jair siempre tuvo una buena relación con su padre. Nunca pudo entender por qué sucumbió ante la tentación de serle infiel a su madre, y jamás le reprochó eso, pues él tenía la madurez suficiente para saber que quien más sufría, era precisamente Alexis, y que la mala decisión que tomó, lo afectaba a él como a la familia. Jair pensó simplemente que ese dolor de su padre ya era más que suficiente.

El domingo al mediodía, Jair y Diana se reúnen a caminar por el parque, comparten un raspado mientras van tomados de la mano.

—Mi amor, he estado pensando en lo nuestro. Ya que este es nuestro último año de secundaria.

—Yo también lo he pensado.

—La verdad, es que estoy completamente enamorado de ti, me gustas mucho. Quiero que sigamos siendo novios y me gustaría que lo nuestro fuese más serio.

— ¿Visualizas una vida juntos? —pregunta Diana.

—Si, la visualizo, es por lo que, quería tener esta conversación contigo. Para saber si tú también quieres lo mismo o si tienes otros planes. De antemano te digo que, si tienes otros planes, no me molestaré. Es entendible, solo quiero que la comunicación sea abierta entre nosotros.

—Yo también me veo pasando el resto de la vida contigo, al estar contigo siento muchas cosas bonitas. Mi papá es apasionado y me dice que me deje llevar, por otro lado, mi mamá llama siempre a la prudencia. Tampoco estaba clara si tu querías lo mismo que yo.

—Lo que quiero es estar contigo, estar siempre tomado de tu mano. Que tus ojos sean la primera cosa que vea al levantarme por las mañanas, y la última cosa al acostarme por las noches.

Perderme en tus abrazos y sentir ese éxtasis, que representa el estar a tu lado.

—Esa es otra cosa que me fascina de ti, eres tan elocuente.

—Eso es porque tú me inspiras.

— ¿A cuántas antes de mi les habrás dicho cosas similares? —dice Diana.

—A ninguna, eres la primera y espero que seas la única. ¿Cumplo con tus expectativas?

—Bueno, digamos que estas por encima del promedio. – responde ella.

— ¿Encima del promedio? —dice Jair con media sonrisa.

—Si— responde Diana—. Para mí eso basta, por eso te quiero.

— ¿Mucho?

— ¿Tú qué crees?

—No sé, por eso pregunto.

—Si preguntas es porque tienes dudas.

—Pregunto para confirmar lo que mi corazón me dice.

—¿Qué te dice tu corazón?

—Que en verdad me amas tanto como yo a ti.

—¿Cómo, en menos de dos minutos, cambiaste el 'te quiero' por un 'te amo'?

—Soy así de complejo y elocuente como tu dijiste.

—Y modesto, por lo que veo.

—Te amo Diana, quiero estar contigo para siempre.

—Yo también te amo, te amaré por siempre. Y aun después de la muerte, te seguiré amando.

Luego de eso, ambos se funden en el más tierno y cálido de los besos. Sin importar lo que diga la gente, no temen expresar su amor en público.

—Discúlpame por hacer tantas preguntas mi cielo – dice Diana – es que necesitaba comprender mejor, si esto que estoy sintiendo está en sintonía con lo que tu estas sintiendo.

—No tienes que disculparte, me encanta que hagas preguntas. Pregúntame todo lo que tú quieras. Y si no se la respuesta, por ti iré hasta el fin del mundo para encontrarla.

— ¿Incluyendo los archivos secretos del vaticano?

—Así es, todo eso por ti —responde Jair con una sonrisa.

—Solo prométeme algo.

—claro

—Que nunca vas a cambiar, que siempre serás el mismo del que me he enamorado. No quisiera que los años pasaran, y ya no seamos los mismos. Yo seré la misma, un poco más vieja por los años, pero con la misma personalidad.

—Te lo prometo, jamás cambiare. Tal vez calvo y barrigón, pero por dentro el mismo.

—Puedes hacer ejercicio para mantener el abdomen plano, y usar un peluquín en caso de calvicie — responde Diana riendo.

—¿Y podemos tener cinco hijos? —dice Jair— siempre quise una familia grande, pero mis padres decidieron tener un solo hijo.

—Eso no va a pasar.

—¿Por qué? ¿No quieres tener hijo?

—Claro que sí, pero no cinco hijos, parir es muy doloroso. Aparte llevar él bebe en la barriga nueve meses es un desgaste físico. Tú lo dices porque eres hombre.

—Está bien, solo cuatro pues.

—Dos estaría bien.

—Ni tu ni yo pues, que sean tres.

—Después dices que soy yo la que siempre pelea.

—Para nada mi amor, me encanta platicar contigo —dice Jair mientras le da un fuerte abrazo.

Se quedaron conversando el resto de la tarde juntos. Al caer la noche, Jair acompaño a Diana hasta la puerta de su casa, se despidió con un beso en los labios.

Mientras tanto, iniciaban los preparativos para la graduación. Tanto Diana como Jair estaban muy emocionados. En la escuela, realizan muchas actividades alusivas.

La crisis social y política en el país se tornaba cada vez más cruda, pese al bloqueo por parte de Estados Unidos, todos se las ingeniaban para tratar de pasarla lo mejor posible. Ante la falta de liquidez por parte del gobierno, los funcionarios públicos comenzaron a cobrar a través de bonos.

Al llegar las elecciones de 1989, toda la oposición se une para apoyar al candidato Guillermo Endara, mientras los partidos políticos afines al régimen apoyan a Carlos Duque. A boca de urna, se decía que el candidato de la oposición llevaba una ventaja bastante amplia, lo que no fue del agrado de la cúpula militar, pues pensaban que las elecciones serían más reñidas, lo que facilitaría las cosas para orquestar algún tipo de fraude. Algunos días después, los resultados definitivos dieron la ventaja a Duque, lo cual causo muchas protestas por parte de la oposición ante flagrante fraude, del mismo modo esto fue denunciado por los observadores internacionales. Ante esta situación, el 10 de mayo de 1989, el presidente del tribunal electoral, informa sobre una resolución firmada por los tres magistrados de dicho ente, en donde se procede a anular las elecciones, debido a las múltiples irregularidades. Es nombrado entonces como presidente provisional, Francisco Rodríguez. El candidato Endara junto a sus compañeros de formula son luego atacados por efectivos paramilitares, en unas sangrientas escenas televisadas que le dieron la vuelta al mundo, el foco te atención internacional estaba entonces sobre Panamá.

El 15 de diciembre, la asamblea declara "estado de guerra" y el tirano es nombrado "jefe de gobierno con poderes extraordinarios de urgencia", todo esto sumado a la anulación de las elecciones del pasado mes de mayo, termino de agudizar más la situación, a tal punto que la eventual intervención armada por parte de Estados Unidos se veía venir (todos la veían venir, excepto los militares, al parecer), era tan solo cuestión de tiempo.

Capítulo XI

Son ya pasadas las once de la noche. Una fuerte brisa mueve las hojas de las plantas de clementina sobre el balcón, si percibe algo de tensión en el ambiente, como si algo estuviese a punto de pasar.

Clementina se dirige a la habitación de Jair.

—¿Recordaste llevar la camisa a la lavandería? —pregunta.

—¿Cuál camisa? —responde Jair.

—La camisa para mañana. Acuérdate que es la misa de acción de gracias por la graduación. No me digas que lo olvidaste,

—Tal vez...—le responde Jair mientras dirige su mirada hacia la guayabera en su armario, con tantas arrugas, que parecen pliegues de pantalón gabardina.

—La lavandería ya está cerrada a esta hora. No te preocupes. Yo te la plancho. Búscame el almidón que está debajo del fregadero en la cocina.

—Está bien. Disculpa mamá.

Jair se dirige hacia la cocina, al mirar debajo del fregadero, nota que la lata de almidón está vacía.

—Mamá, no hay almidón.

—Esa camisa requiere almidón, está muy arrugada. Ni modo, mañana temprano lo compras y yo te la plancho rapidito antes de la misa.

—Pero el supermercado es veinticuatro horas, podría caminar un momento hasta la vía España a buscarlo y volver.

—De ninguna manera, es muy tarde, te puede pasar algo malo. Acuérdate que estos últimos días la calle ha estado muy caliente.

—No me va a tomar mucho tiempo, además, yo sé que tiene que ir a trabajar mañana temprano. Es una desconsideración de mi parte ponerla a planchar la camisa. Mejor yo busco el almidón mañana y la plancho.

—Vas a llegar tarde a la misa, además nunca planchas bien. Yo te la plancho mañana.

—Bueno, puedo ir un momento al supermercado a buscar el almidón, plancho la camisa ahora y así mañana usted llega temprano al trabajo y yo a la misa.

Clementina deja ir a Jair a buscar el almidón hasta el supermercado.

—Cuídate mucho. Trata de llegar antes de las doce, no quiero que la media noche te agarre en la calle.

—No se preocupe. No tardaré.

Jair se despide de su madre y va rumbo al supermercado. Una caminata de más o menos quince o veinte minutos.

Clementina decide sentarse en la sala a leer un libro, mientras espera a que su hijo regrese, para asegurarse que todo está bien. Mucho de su rato de ocio lo dedica a la lectura, amante de las novelas históricas, la poesía y en ensayo.

De repente, siente una especie de ligero temblor. Preocupada sale al balcón para ver de qué se trata, cuando mira hacia el cielo, ve unos destellos rojos y amarillos, seguido de un ruido ensordecedor. En un lapso que el destello pasó, ve un sin número de hombre en paracaídas, cayendo del cielo aproximarse. Atemorizada, se dirige hacia el teléfono para llamar a Alexis, cuando de repente la línea se corta.

Al encender el televisor, todos los canales fuera del aire, excepto canal ocho, el cual trasmitía una especie de claves que ella no lograba entender. Es entonces cuando se dirige hacia el pasillo del edificio, muchos de los vecinos están afuera.

— ¿Qué está pasando? —le pregunta Clementina a una vecina.

—Nos están atacando – indica— no viste las ráfagas de fuego que se dirigían hacia el cuartel central.

En medio de la conversación, se escucha una gran explosión, seguido de una ráfaga de disparos,

— ¡Al suelo! —grita otro de los vecinos del edificio.

Los disparos de ametralladora continúan por un lapso de cuatro a cinco minutos, luego se detienen, y el servicio de energía eléctrico es abruptamente interrumpido. Clementina junto a otros dos vecinos (Vivian y Javier), una joven pareja que vivían junto a ella; se dirigen a su apartamento.

—Mi hijo está afuera. Debo salir a buscarlo.

—Es imposible, hay muchos soldados allá afuera. Ellos no saben quién es civil y quien es militar, la van a matar.

—No me importan, no me puedo quedar aquí mientras mi hijo corre peligro.

En ese momento, una espesa niebla invade la calle, se escucha un tanque aproximarse con un altoparlante. Una voz en inglés y luego en español, con acento puertorriqueño, indicaba que nos quedáramos dentro de nuestras casas, que

todo iba a estar bien, siempre y cuando nos man-
tuviéramos debajo de algún mueble y con las luces apagadas.

— ¿Qué hora es? Pregunta Vivian.

—Son las 12:25 am—responde Javier—. Ya
es 20 de diciembre.

—Debo salir a buscar a mi hijo. Algo malo
pudo haberle pasado.

—No es prudente—responde Vivian— en el
altoparlante dijeron que nos quedáramos en casa.

Clementina hace caso omiso a las reco-
mendaciones de sus vecinos y se dirige hacia las
escaleras del edificio. Vivian y Javier deciden ir
tras ella.

— ¿Qué hacen detrás de mí? — pregunta
Clementina.

—Iremos con usted vecina, ya que no la podemos persuadir de que se quede, la acompaña-
remos a buscar a su hijo.

—No es necesario, mejor quédense, me
sentiría mal si algo les pasara por mi culpa.

—No se preocupe, para eso están los vecinos.

Al llegar hacia la planta baja y abrir la puerta del edificio, se encuentras al paso, tres soldados.

— *¡Freeze!* — indica uno que parece ser el líder—¡*Ground!* – Grita seguidamente.

Los tres se quedan quietos al ver que los soldados los están apuntando con sus armas.

—*What are you doing outside your residence?* — indica otro de los soldados.

¿Qué está diciendo? — le pregunta Vivian a Javier.

—Está preguntando qué hacemos afuera de casa.

—Dile que acompañamos a la vecina a buscar a su hija.

—*We are looking for her son, he left the building almost an hour ago and we don´t know where he is. She is desperate. Please, let us go.* — Le dice Javier a uno de los solados. Javier estudió en un colegio en Estados Unidos, por lo que su dominio del inglés es bastante fluido.

—*I can´t let you go sir, we are in the middle of a military operation, it is dangerous for the civilians to be outside their residence.*

—¿Qué está diciendo ahora? —pregunta Clementina mientras esta tirada en el suelo junto a sus vecinos.

—Dice que no nos puede dejar salir, que están en medio de una operación militar y que es muy peligroso para los civiles estar fuera de casa.

—Levántense por favor —indica el sargento

Al ver que este habla el idioma castellano, Clementina se dirige hacia él.

—Ayúdeme por favor, mi hijo salió hace rato al supermercado, antes que todo esto iniciara, y no ha regresado, estoy muy preocupada por él. Solo quiero encontrar a mi hijo.

Uno de los solados, el más joven, mira fijamente a los ojos a Clementina. En sus ojos ve el reflejo de su madre. Dirige su atención hacia el sargento.

—*Sargent, please let the lady go, I can join her while she is looking for her son.*

—*No way private.*

— ¿Hacia dónde se dirigía su hijo? —pregunta el sargento.

—Iba hacia el supermercado que está en la vía España. Es alto, solo tiene diecisiete años y está en último año de secundaria. Traía puesto un suéter de rayas, pantalón buzo azul, y unas zapatillas.

Los soldados miran al sargento con cara de preocupación...

—Sera mejor que usted y sus vecinos vuelvan a casa. Si sabemos algo de su hijo, le haremos saber.

En algunas calles contiguas, un grupo de soldados que acaban de llegar, son instruidos sobre lo que deben hacer. Muchos muchachos jóvenes, en su gran mayoría de áreas rurales de Estados Unidos.

Era la primera vez que muchos de ellos eran enviados a combate. En uno de los batallones que tuvo como objetivo, atacar algunos de los puestos de las fuerzas de defensa, había un muchacho de nombre Peter, este le dice a su sargento que quiere ir a casa, mientras deja caer algunas lágrimas sobre sus ojos, al ver tal ataque sangriento. El sargento golpea fuerte su rostro y le indica que no debe llorar.

—*I want to go home Sargent, please. I don´t know what I´m doing here* —dice Peter.

—*Where are you from, kid?* —responde el sargento

—*I´m from Kansas.*

En ese momento, se aproxima un teniente coronel, que pregunta que está pasando. Al ver a este y otros muchachos llorando, entra en cólera y les dice que serán dados de baja con deshonra, si no salen allá afuera y matan a cualquiera que huela a militar o paramilitar. Las manos temblorosas de los muchachos, mientras agarran sus rifles de asalto M16, y el sargento con voz firme les dice que seguirán caminado. El teniente coronel saca su arma calibre .45 y dice que le disparara al primer cobarde que quiera desertar.

Ante la falta de fluido eléctrico, el caos se apodero de algunas personas, que quisieron salir a ver que estaba aconteciendo. En el cielo se observaba ráfagas de fuego, seguido de fuertes bombazos.

Una pareja de tortolos que se encontraba en la azotea de uno de los edificios más altos de la ciudad, bajo los efectos de algún tipo de sustancia psicotrópica, al ver las ráfagas de fuego y escuchar los sonidos de metralla, piensan que se trata de fuegos artificiales, ríen y hablan cosas sin sentido, mientras continúan drogándose, probablemente provenientes de alguna familia de mucho dinero.

Un fuerte olor a quemado comienza a sentirse en puntos clave de la ciudad, recuerdo que, al sentir ese olor, comencé a erizarme. Las ganas de vomitar se volvieron inaguantables.

Efectivos de las fuerzas de defensa esperando instrucciones para contraatacar, instrucciones que jamás llegaron, todo lo contrario, cual cobardes comenzaron a quemar los uniformes, y cualquier otro vestigio que los relacionase de alguna forma con el régimen.

Algunos sub oficiales decidieron reunir algunos hombres, para iniciar una contra ofensiva, al igual que algunos paramilitares a fines al régimen, hombres valientes, con sentido de honor, y, sobre todo, amor hacia la patria, ante el ataque sin piedad de fuerzas invasoras, que no escatima en avasallar a todo un pueblo, inocente de las atrocidades del régimen, pagan justos por pecadores. Niños lloran preguntando qué pasa, en los arrabales solo hay fuego incesante, antes un vil y sanguinario ataque aéreo, contra civiles indefensos.

Una tanqueta se aproxima a un edificio, de ella salen muchos hombres armados, comienzan a destrozar todo cuanto ven a su paso, disparan sin mediar palabra alguna, ante aquellos que piden misericordia, pues nada tienen que ver en el conflicto. Así son las guerras, muere gente inocente, por decisión de otros, con tan solo un objetivo, intereses económicos.

Y mientras tanto en su apartamento, Clementina muere lentamente de la desesperación e impotencia, pues no sabe dónde estará su hijo, ¿estará bien? ¿tendrá frio? ¿habrá logrado encontrar refugio? Son tantas las preguntas que vienen a la mente de esta pobre mujer, cuyo único hijo esta allá afuera, en medio de una intervención militar, por parte de uno de los ejércitos más poderosos del mundo, que hace gala de la más alta tecnología, ante una débil y pusilánime fuerza de defensa local, cuyo único objetivo era intimidar al ciudadano común, y vaya que lo habían logrado durante los últimos seis años, muy distante a lo que fue la antigua guardia nacional del coronel José Antonio Remón Cantera, cuyo lema era "todo por la patria".

Capítulo XII

Son casi las siete de la mañana, aun se sigue escuchando a través de un altoparlante, una voz que sugiere a las personas quedarse en casa, debajo de la cama, o de algún mueble fuerte. Clementina al ver que pasan las horas y sigue sin saber nada del paradero de su hijo. Llega el medio día. Aun se escuchan algunos disparos, no tan frecuentes como durante la madrugada, pues continúan los paramilitares y algunos civiles armados, luchando contra las fuerzas invasoras.

Ella se encuentra en su recamara, acostada. De repente escucha un ruido en la puerta del apartamento, se levanta rápidamente y toma un bate de beisbol que estaba en el armario para defenderse, es Alexis que acaba de entrar.

—Casi me matas del susto —le dice Clementina.

—Lo siento. Vine tan pronto pude. Trate de salir más temprano, pero había soldados que no permitían el paso. Además, los disparos eran incesantes. Dicen que atacaron todos los cuarteles, están buscando al *MAN*, y no lo encuentran por ningún lado.

—¿Cómo entraste? ¿De dónde sacaste llave de la puerta? —pregunta Clementina intrigada.

—Siempre tuve llave. La conserve en caso de emergencia —responde—. ¿Y Jair dónde está?

—No sé, salido anoche hacia el supermercado para buscar un almidón al supermercado y no regresó. Temo que algo malo le haya pasado. Unos vecinos y yo tratamos de salir a buscarlo, no obstante, fuimos detenidos por militares que nos apuntaron con sus armas. Nos dijeron que era una operación militar y que debíamos quedarnos en casa. Tengo mucho miedo Alexis —le dice mientras lo abraza.

—No te preocupes. Él es un muchacho inteligente. Sé que está bien. Saldré a buscarlo.

—Déjame ir contigo.

—De ninguna manera. Es peligroso allá afuera. No quiero que nada malo te pase. No me lo perdonaría.

—Tu no entiendes. Necesito encontrar a mi hijo, este encierro me va a volver loca.

—Está bien. Ven conmigo. Yo te protegeré. Juntos encontraremos a nuestro hijo —le dice Alexis mientras toma la mano de Clementina y le da un beso en la mejilla.

Al salir, un fuerte olor invade las calles. El día esta nublado. Se escuchan los helicópteros pasar. El sonido de las balas es ensordecedor. Durante la noche, el ataque había sido muy intenso, era como si la tierra entera se estremeciera, al momento que aterrizaban los helicópteros. Algunos hombres intentaron responder al fuego, no obstante, los principales objetivos del bombardeo aéreo habían sido los cuarteles donde se localizaban todas las armas.

En los predios de la bahía, algunos paramilitares hacían frente al ataque con ametralladoras desde un helicóptero, uno de ellos con un lanzacohetes, dispara y logra derribar uno de los helicópteros que estaba disparando hacia la tierra.

Clementina y Alexis van por todas las calles cercanas, en incluso van al supermercado donde se suponía que iría Jair. Al no encontrarlo, siguen caminando rumbo al hospital más cercano para ver si hay noticias de su hijo, notan que todos los comercios están cerrados, pues fueron saqueados producto de la desesperación de algunas personas.

—¿Qué es ese olor horrible? —pregunta Clementina.

—No sé —responde Alexis—. Sigamos caminando.

Al cruzar una calle, se encuentran con un grupo de cadáveres arrinconados en el centro, el hedor y la podredumbre penetraba cada poro de su piel, junto a ellos, un grupo de soldados estadounidense que hacían alarde de sus grandes proezas en combate, reían y parecían disfrutar la desgracia de un pueblo invadido.

Llegan al hospital, se encuentran con un lleno total, habían heridos por todas partes, cadáveres apilados en un rincón, pues la morgue no se daba abasto.

—Buenas tardes, quisiera saber si mi hijo está aquí —indica Clementina mientras la brinda una descripción de su hijo.

—Disculpe señora, de los pacientes que llegaron conscientes, no tenemos registro de nadie con ese nombre. Tendrá que ir a verificar en la morgue. – le indica la auxiliar mientras se va desplazando hacia otra parte del cuarto de urgencias.

—No creo que mi hijo este muerto Alexis. No quiero ir a la morgue. Vayamos a otro hospital.

—Está bien, no te preocupes. Seguro que nuestro hijo está bien.

—Todo esto es mi culpa, no debí dejar que saliera a buscar ese almidón tan tarde.

—No te culpes, por esto. Todo va a estar bien.

Al llegar más al centro de la ciudad, se encuentran con un panorama desolador. Un sin número de comercios vandalizados, soldados estadounidenses apresando a cualquiera (civil o militar) que estuviese vinculado de alguna manera u otra al gobierno. Tratando de conseguir alguna información sobre el que hasta hace poco era llamado "el hombre fuerte de Panamá".

Clementina y Alexis se disponen a ir hacia otro de los hospitales del área, en la calle ven a un hombre tirado en el suelo, con la camisa que trae puesta ensangrentada, este le extiende la mano, y le dice "ayúdenme a levantarme, por favor". Clementina al verlo se le aguan los ojos, mientras Alexis se los cubre para que no vea, que el hombre aquel le fue cercenadas ambas piernas, y yacía en su lecho de muerte, debido a las graves heridas que mantenía.

—Esto es horrible Alexis —dice Clementina mientras abraza muy fuerte a Alexis.

—Lo sé, pero tenemos que ser fuertes, hay que encontrar a Jair.

—Deberíamos ayudar a ese señor

—No podemos, está muy grave.

—No tengo corazón para dejarle allí tirado.

Algunos periodistas, tanto nacionales como extranjeros, buscan impresiones sobre este hecho. Recogen algunos testimonios, de personas que han estado en frente del combate. Algunos hablan de asesinatos a sangre fría contra civiles, otros brindan relatos fantásticos, que hablan de tanques invisibles, y armas *laser* que al utilizarlas, volvieron cenizas a sus víctimas, automóviles ser partidos en dos pedazos, y un olor fuerte a cabellos y carne quemada que invade a los presentes, que tan solo recordar lo que fue, repugna tanto o más que la causa original del conflicto, hombres que creen que por tener un arma en la cintura y algunas estrellas en el hombre; desconocen que el poder real viene del pueblo. De aquellos hombre y mujeres, que salen a trabajar día a día, para hacer de este país, un lugar mejor.

Los comercios fueron víctimas de saqueos, pues el pánico se poder de la ciudadanía, más aún por estar cerca las festividades de fin de año. Almacenes en Calidonia, supermercados, tiendas de electrodomésticos. Algunos comerciantes trataron de hacerle frente a los malhechores que aprovechaban la tragedia, para cometer sus fechorías.

Unos pillos intentaros ingresar a una joyería, forzando la entrada con una palanca de tipo "pata de cabra", mas no contaban con que los dueños, de ascendencia árabe se encontraban dentro del local, armados con rifles AK-47. Los sujetos pensaban que se trataba de rifles de juguete e intentaron ingresar de todos modos. En ese momento, los comerciantes abren fuego contra los sujetos, dejándolos como coladera. Los otros vándalos al ver esta escena salen corriendo. Los militares invasores no hacen nada, pues están más concentrados tratando de ubicar a MAN.

Hacia el área de la vía España, en el supermercado donde Jair había ido a buscar el almidón, unos sujetos en un vehículo ingresaron al área del cuarto frio, en busca de jamones y pavos para la cena de navidad. Mientras sacaban los jamones, uno de los sujetos no vio el cable de alta tensión que había afuera del establecimiento, y tropieza con él y muere electrocutado en el acto. Con la mente fría y sin remordimiento alguno, el compinche deja al sujeto tirado en la acera, entra al auto y se marcha a toda velocidad.

Otras personas aprovechan para tomar botellas de licor costosas del supermercado, mientras otros toman artículos de primera necesidad. Al ver a un hombre joven tomar muchas botellas de licor, uno de los sargentos del ejército invasor saca que pistola, y le apunta directo en la cabeza.

—*Leave it where you found it and get out of here.* (déjalo donde lo encontraste y vete de aquí).

El muchacho al sentir el metal caliente de la pistola sobre la nuca, pues es obvio que el sargento la ha estado utilizando. Comienza a sudar frio, las piernas le tiemblan, y no puede evitar orinarse en los pantalones. Pone las botellas sobre el anaquel donde las encontró y salió corriendo.

En las afueras de la ciudad, donde se cree que está escondido el MAN, las calles están desoladas.

El único sonido que se escucha es el de los vehículos Hummer desplazarse de un lugar a otro, algunos aseguraban haber visto al MAN vestido de mujer y armado con una mini Uzi. Un niño pequeño sale a la calle a jugar, ignorante de lo que está pasando. Su hermano mayor sale a buscarlo, y lo trae arrastras de vuelta a casa. En ese momento, deja caer uno muñeco de Superman, cuando el pequeño da la vuelta para recogerlo, se encuentran a un soldado, apuntándolos con su rifle M16, este les indica en español que vayan a casa y que no salgan por nada del mundo, que es peligroso. El pequeño recoge el muñeco del suelo, y el hermano mayor levanta al pequeño, lo abraza muy fuerte y con lágrimas en los ojos, lo lleva corriendo hasta la casa.

—¿Qué está pasando Marcos?, ¿por qué lloras?, pregunta el pequeño, que quizás podrían tener unos cuatro o cinco años.

—No pasa nada, todo va a estar bien, vamos con mamá que debe estar preocupada— le responde. En el centro de la ciudad, cerca del cuartel central de las fuerzas de defensa, muchos edificios contiguos fueron destruidos, debido a la falta de precisión durante el ataque aéreo, por parte de la fuerza aérea invasora. Muy pocas personas tuvieron la oportunidad de salvar sus vidas, mientras otros, la muerte los sorprendió dormidos. En medio de los escombros de uno de los edificios, se logra apreciar a una familia entera que murió abrazada, en medio del fuego y las bombas; dos adultos, menos de treinta años, y dos niños, infante probablemente. El árbol de navidad ya estaba puesto, pues aún quedaban vestigios de los adornos y las luces que tenía. Otros que lograron abandonar los apartamentos, lloran desconsoladamente, pues lo han perdido todo. Un hombre, de tal vez cuarenta años, vio morir a su esposa y su hija, en el momento que abandonaban el edificio, una de las vigas les cayó encima, el trato de levantarla con todas sus fuerzas, más el fuego que se apoderaba del lugar no le permitió hacer mucho. Las últimas palabras que pudo escuchar tu su esposa fueron "te amo demasiado".

Clementina y Alexis siguen en su búsqueda, por noticias de Jair. Comienza a caer la tarde.

—Sera mejor que regresemos a casa a comer algo, es tarde y no luces bien —le dice Alexis.

—No tengo hambre, quiero encontrar a mi hijo— responde Clementina.

—Ya hemos recorrido todos los lugares a donde han llevado heridos y muertos, será esperar en casa a que las cosas se calmen un poco.

Al día siguiente, Clementina y Alexis salen temprano rumbo al hospital Santo Tomás, para ver si hay alguna noticia de su hijo.

—Lo lamento señora, no hemos recibido ningún paciente con la descripción ni el nombre que usted indica —le dice una de las enfermeras del lugar—. ¿Buscó entre los cadáveres que han traído los soldados hoy?

Clementina rompe en llanto.

—Tal vez deberíamos ir a ver, no tenemos nada que perder —dice Alexis.

—No quiero pensar que mi hijo este muerto.

Al llegar hasta el sitio, un sin número de cuerpos calcinados, con señas particulares escasas, muchos de ellos sin documento alguno. Muertos a manos de los paramilitares, de acuerdo con las fuerzas invasoras.

Los cadáveres se encontraban tirados en el suelo, con una sábana blanca encima, todos civiles, en su gran mayoría jóvenes entre los 21 y 35 años. Clementina va uno a uno viendo si encuentra alguno parecido a Jair.

—La morgue no se dio abasto, por eso tenemos los cuerpos de esta manera. Si siguen llegando más, tendremos que empezar a enterrarlos en fosas comunes, pues no tenemos espacio— le dice un forense a Alexis.

Muchas personas que, al igual que Clementina, van en búsqueda de sus familiares, es ensordecedor. El hedor y la podredumbre se ha apoderado por completo del lugar, a tal punto que es casi imposible respirar. El llanto y la desolación, penetra hasta lo más recóndito de su ser, entremezcla la impotencia e ira, ante tanta devastación; que algunos llaman causa justa, justa para quienes no han tenido que sufrir la pérdida de un ser querido, justo para quienes no han quedado en la calle, a causa de los serios daños causados a su propiedad.

Llega el día de navidad, y Clementina aun sin tener noticias de su hijo.

—No te preocupes, ya verás que pronto se sabrá de el— le dice su tía Maribel.

—Gracias por invitarme a pasar la navidad con ustedes, la verdad sola en esa casa me estaba volviendo loca.

—Tú sabes que siempre eres bienvenida sobrina. Y ¿Has hablado con Alexis?

—Si, hemos estado en contacto, y seguimos pendiente de cada persona que llega a los hospitales, y a los sitios improvisados donde traen cadáveres, para ver si encontramos a Jair.

—Esto los ha unido bastante.

—Es lo normal, es nuestro hijo. Independientemente que ya no estemos juntos, siempre seremos los padres de Jair.

— ¿El aún sigue viendo a esa mujer?

—No lo sé, y la verdad me tiene sin cuidado, lo único que me interesa es encontrar a mi hijo.

— ¿O sea que no hay planes de reconciliación?

—Para nada, jamás le voy a perdonar lo que me hizo. Y aun si lo perdonara, jamás volvería a ser igual, ya no podría confiar más en él, y sinceramente no podría vivir así.

—Ella es una mujer decidida igual que tú, deja a la niña en paz con ese tema Maribel —le dice Eustaquio.

—Ellos hacían tan bonita pareja Eustaquio— dice Maribel.

—Es verdad, pero que se le puede hacer, el hombre lo echó a perder. Hay decisiones que uno tomas, que no solo nos afectan de manera individual, sino también a quienes nos rodean. Es por eso por lo que, cada decisión que se tome debe ser analizada con detenimiento, además de pensar en las consecuencias que podría traer a otras personas—responde Eustaquio.

—¿Y dónde pasara navidad Alexis? —pregunta Maribel.

—No sé, me imagino que en casa de su mama con los hermanos.

—Debiste invitarlo a que la pasara contigo, más en este momento difícil. Es cuando más deben estar juntos.

—Nada tiene que ver una cosa con la otra, además él sabe que estoy aquí, y dijo que vendría a recogerme mañana para seguir en la búsqueda.

—Bueno, ojalá todo salga bien —dice Eustaquio.

Capitulo XIII

Las personas tratan de pasar la navidad de la mejor manera, mientras unos celebran aun en las calles la caída del tirano, otros sufren por la pérdida de algún ser querido o la destrucción de sus viviendas y puestos de trabajo. Una navidad que dista mucho de ser feliz, pese a que todo fue orquestado por una "causa justa", es difícil poder explicarles a los niños del barrio del Chorrillo, que este año no tendrán regalos de navidad, ni árbol, ni cena, algunos de ellos jamás volverán a ver a sus padres.

Dista mucho este panorama, de lo que se ve en el área de Paitilla y San Francisco, donde la gente de la alta sociedad disfruta feliz de su cena de navidad, con toda su familia a salvo, e incluso algunos invitan a sus casas a algunos soldados de las fuerzas invasoras, cual viejo camarada ríe, a tal punto que parecen disfrutar de las desgracias de los menos favorecidos.

Ya se descubrió que MAN, está escondido en la nunciatura, que, al ser considerado, territorio del Vaticano, no es posible para las fuerzas invasoras, entrar a capturarlo. Ante esta situación, en la mente de muchos ciudadanos pensantes surge la interrogante, ¿era realmente necesario este gran despliegue de armamento contra un pequeño país, hermano en las naciones unidas, por el simple hecho de querer capturar a un hombre acusado de narcotráfico?

En su casa, Diana también está desesperada por no saber nada de Jair, los actos de graduación fueron suspendidos hasta nuevo aviso. Trata infructuosamente de comunicarse con Clementina, más las líneas telefónicas aún siguen caídas. Ella está dispuesta a ir hasta la casa de Clementina, no obstante, su madre le sugiere quedarse, pues las calles están muy peligrosas.

—Tengo que ir mamá, quizás algo le haya pasado a la señora Clementina o a Jair —dice Diana desesperada.

—Por favor no salgas hija, eso está muy feo allá afuera y no quiero que nada malo te pase— le dice su madre.

—Tu madre tiene razón hija, mira te prometo que mañana temprano yo mismo te acompañare a la casa de ese muchacho, por hoy mejor quedémonos aquí, tal vez las líneas telefónicas sean restauradas pronto.

Mientras tanto, Clementina va nuevamente a los hospitales del área para ver si hay noticias de Jair, el cual ya se encuentra anotado en las listas de desaparecidos. Ella y Alexis deciden ir a la casa de Víctor.

—Hola, ¿Cómo están? Pasen por favor —les dice Camilo al verlos en la puerta.

—Disculpa que venga a molestarte Camilo, pero es que no sabemos nada de Jair. Queríamos saber si Víctor sabe algo de él.

— ¿Cómo va a ser?, déjame y lo llamo.

—Víctor viene y saluda a Clementina y Alexis.

—No tenía idea de que Jair estaba desaparecido. Pensé en llamarlo casualmente, pero las líneas telefónicas estaban muertas, además acá se había ido el suministro de energía eléctrica.

—Si, han sido días difíciles —dice Camilo.

—Pero ¿Cómo desapareció? —pregunta Víctor.

—El insistió en salir a buscar un almidón para la camisa que iba a usar al día siguiente en la misa de acción de gracias por la graduación. Salió como a eso de las 11:30 pm del día 19, y no lo hemos vuelto a ver.

— ¡Vaya! Pero no nos preocupemos, seguro estará bien.

—Esperemos que sí, cualquier cosa que necesite, estamos a la orden —le dice Camilo.

—Yo quiero ir con ellos a buscar a Jair papá, es mi mejor amigo. Como un hermano— dice Víctor.

—No, es mejor que te quedes aquí en casa con tu padre y con Nelva. No queremos que nada malo te pase— responde Alexis.

—Alexis tiene razón, las cosas afuera han estado algo alborotadas.

—Si, ha habido saqueos en muchos locales comerciales, la cantidad de muertos es impresionante. El hedor en las calles no se aguanta. Los hospitales donde hemos ido no se dan abasto, y en las morgues tampoco. Nos dijeron que los soldados estadounidenses estaban enterrando a la gente en fosas comunes, debido a que era imposible de identificar los cuerpos, además que eran demasiados. Fuimos a ver si podíamos encontrar a Jair, pero nadie nos dio respuesta.

—Debe ser horrible por lo que están pasando— dice Nelva, que se encontraba en la cocina preparando una crema de avena.

—Así es, pero no perdemos las esperanzas. Bueno, gracias por todo. — dice Clementina.

—Por favor si saben algo, háganos saber— dice Víctor.

—Así será muchacho.

—Hasta luego.

—Adiós.

Clementina y Alexis van a casa. La desesperación los invade, al no tener noticias de Jair. Luego de haber llegado, Alexis prepara un té de tilo para tranquilizar a Clementina. En ese momento, alguien llama a la puerta.

—Iré a ver la puerta. - dice Alexis.

—Está bien— responde Clementina.

Se trata de Vivian y Javier. Sus vecinos.

—Hola, ¿cómo han estado? — dice Javier

—Hola, bueno ahí más o menos. — responde Alexis.

— ¿Se ha sabido algo del muchacho? — pregunta Vivian.

—No, nada todavía— responde Clementina.

—Estos soldados invasores tratan a los civiles como basura. — dice Vivian con tono encolerizado.

—Así son las guerras, no traen nada mas que miseria y desasosiego para los civiles —dice Alexis.

—Y se supone que vinieron a librarnos del tirano. Pero al costo de miles de vidas inocentes, sin contar los daños materiales.

—Vivian y Javier iban a acompañarme a buscar a Jair, justo cuando inicio el ataque en la madrugada.

—¡Oh! Pudo haberles pasado algo —responde Alexis.

—Si, pero Clementina estaba muy desesperada y pensamos mejor acompañarla en lugar de dejarla ir sola. Unos soldados que estaban apostados en la calle contigua al edificio nos detuvieron.

—Si, nos pusieron contra el suelo y nos apuntaron con sus armas.

— ¿No me habías contado nada de eso? — dice Alexis.

—Con tantas cosas en la mente, lo único que quiero es encontrar a Jair.

—No se preocupe vecina, todo va a estar bien. Ya vera que pronto el muchacho aparecerá. —dice Camilo.

—Así es, la esperanza es lo último que se pierde. Si necesita algo, lo que sea, no dude en avisar. En estos momentos difíciles, tenemos que estar únicos.

—Gracias, son ustedes muy amables —dice Alexis.

—Nos vemos pronto.

—Hasta luego —dicen Vivian y Javier.

Al irse los vecinos, Clementina se sienta en el sillón. Trata de sintonizar alguna emisora en el radio, para escuchar las noticias. Alexis la mira fijamente.

—Necesito que me prometas algo.

— ¿Es en serio? Me parece cínico de tu parte que tú me pidas que te prometa algo cuando las cosas que prometes no las puedes cumplir.

—Yo sé que no he sido el mejor esposo y que te falle. Solo te pido que me prometas que no harás nada que ponga en riesgo tu vida. Ya Jair está desaparecido, no me perdonaría si algo malo te pasara a ti.

Clementina suspira, y lo mira fijamente a los ojos.

—Está bien. Sera mejor que te vayas. Se está haciendo tarde. Esta situación no cambia en nada lo de nosotros.

—Está bien. Que pases buena noche.

—Hasta pronto.

Al día siguiente, Diana va junto a su padre a la casa de Jair. Clementina los recibe con un efusivo abrazo.

—Estaba muy preocupada por ustedes— dice Diana.

—Ay niña, todo esto que ha pasado ha sido terrible.

—Así es, no podíamos ni salir. Había barricadas en algunas calles. ¿Y dónde está Jair?

—No se queden en la entrada, por favor siéntense.

Clementina comienza a contarle a Diana y a su padre por todo el martirio que han estado pasando al no saber nada de Jair.

—No creo que nada malo le haya pasado, él es un muchacho inteligente. Tengamos un poco de paciencia —dice el padre de Diana.

—Así es señora Clementina, yo sé que Jair está bien.

—Tenía la esperanza que ustedes supieran algo. Intentamos ir hasta su casa, pero era imposible llegar. Pasan los días, y al no saber nada, siento desesperación y empezó a pensar lo peor.

—No diga eso señora, como es Jair, a lo mejor debe haberse ofrecido a ayudar a los heridos y damnificados.

—Que así sea.

Capítulo XIV

Llega el año nuevo, y Clementina sin saber noticias de su hijo. Le indican que ahora que el Departamento Nacional de Investigaciones ya no existe, debe ir a la policía técnica judicial a interponer una denuncia por desaparición.

—Señora, ¿tiene usted idea de la cantidad de personas que aún no aparecen?, créame que hacemos todo lo que podemos, pero debe ser paciente. Aún hay algunos cuerpos que no hemos podido encontrar —le dice el detective.

—Usted no entiende, es mi único hijo, se iba a graduar de bachiller.

—Lo entiendo señora, pero tenga paciencia...

Han pasado casi tres semanas desde la desaparición de Jair, y nadie saber darle una respuesta a Clementina y Alexis. Ni de él, ni de los cientos de desaparecidos aquella madrugada. El gobierno de las fuerzas invasoras habla de unos cuantos muertos ese fatídico día, más la realidad

dista mucho de las versiones oficiales, pues algunas organizaciones no gubernamentales, tienes cifras de miles de muertos y cientos de desaparecidos. En el momento que se capturaría a MAN, muchos pensaron que Panamá sería un país mejor.

—Tengo entendido que se instauro una comisión para investigar todo lo ocurrido, en relación con los muertos y desaparecidos —le digo a Clementina en medio de su relato.

—No sirvió de mucho la verdad. Por otro lado, unos funcionarios del gobierno democrático lo que quisieron hacer fue comprar mi silencio, para que yo no siguiera yendo a los medios de comunicación. Yo no quiero dinero, ni empleo en el gobierno, solo quiero saber el paradero de mi hijo.

—Este país no es mejor de lo solía ser antes de ese 20 de diciembre. Nada ganamos ese día —dice Alejandra.

—No me cabe la menor duda— respondo.

—Ese día perdimos muchas cosas, usted perdió a su padre, yo perdí a mi hijo, y como nosotros, muchas personas perdieron a algún familiar o amigo. Los bienes materiales se pueden recuperar, sin embargo, no habrá nada ni nadie que pueda devolverle a su padre o a mi hijo, por ejemplo.

Clementina entonces prosigue con el relato.

Pasaron varios meses, y Clementina seguía buscando alguna información sobre el paradero de su hijo. Del mismo modo, muchas otros que también perdieron a alguien ese día, presionaban constantemente a la comisión designada. Las tensiones políticas y sociales se acrecentaban cada día, las cuales llegaron al clímax cuando se rompe la alianza de oposición civilista. Muchas protestas a causa de la sensación de ineptitud por parte del llamado "primer gobierno democrático" luego de veintiún años de gobierno revolucionario. El mismo pueblo comenzó a darse cuenta de que el país no era mejor de lo que antes fue, y que encima, hubo que pagar un alto precio económico y social. Ante tantos sectores de la sociedad que se encontraban divididos, esto hizo que el partido político a fin al proceso revolucionario llegase al poder, esta vez con los votos, en 1994 y bajo supervisión del gobierno de las fuerzas invasoras, y algunos observadores internacionales, de los que simpatizaron con la causa justa. Este nuevo gobierno, que bajo el lema "el pueblo al poder" buscaba ofrecer de vuelta, algunas de las reivindicaciones sociales que habían caracterizado al gobierno revolucionario de los años setenta (antes de la llegada de MAN a la comandancia), y que, según algunos sectores, se habían perdido al inicio de esta segunda era democrática.

Durante este gobierno, se dio un rápido auge económico, producto de la ejecución de las privatizaciones de las empresas estatales. Dichas privatizaciones se habían dejado estipuladas y firmadas desde el gobierno anterior, por iniciativa del fondo monetario internacional, pues era la única manera de reconstruir el país luego de la intervención militar. Al año siguiente, se dieron importantes reformas al código de trabajo, lo que ocasionó muchas protestas e incluso huelgas por parte de sectores populares, sumado a otros actos de represión, por lo que el gobierno fue tildado de autoritario. Clementina tenía la precepción que todo este clima de tensión había causado que se dejara a un lado las investigaciones para dar con el paradero de su hijo, nos comenta que, en compañía de Alexis, seguían infructuosamente tratando de conseguir respuestas, pues fueron ellos quienes tuvieron que enterrar un féretro sin cuerpo. El caso de la desaparición de Jair se mantuvo abierto por poco tiempo, hasta que fue dado por muerto en "circunstancias no esclarecidas". No se podía esperar algo más, pues todos los estamentos de seguridad, así como el ministerio público y la procuraduría estaban a cargo de las fuerzas invasoras.

Capítulo XV

Han pasado diez años desde aquel fatídico suceso, Clementina sigue recordando a su hijo, tarde soleada del 19 de diciembre, y una brisa navideña mueve las ramas de los árboles, la gente en las calles, haciendo compras de última hora.

Mucho ajetreo viene siempre acompañado de las fiestas de fin de año, y este fin de año es particularmente especial, pues el canal de Panamá pasa a administración panameña, y hay muchos preparativos para el evento. El edificio de la administración está decorado con muchas cintas tricolor y banderas de Panamá. Hubo algunos escépticos que creyeron que el día nunca llegaría, que nuestro territorio seria por fin completamente soberano, que la llamada "quinta frontera" no sería eliminada. Otro hito del año, que marca la historia republicana, es la llegada al palacio de las garzas de una mujer.

Clementina está en su residencia leyendo el periódico, suena el teléfono.

— ¡Alo! —responde Clementina.

—Buenas tardes, señora Clementina, ¿cómo ha estado?

—Diana, hola niña. Bueno, ahí vamos —dice Clementina con cierta alegría al escuchar la voz de Diana.

—Quería saber si puedo pasar por su casa, hace mucho que no conversamos.

—Desde luego, tú sabes que siempre serás bienvenida.

—Bueno, pasaré por allá al salir del trabajo.

—Está bien.

—Nos vemos entonces.

Clementina y Diana aun han mantenido el contacto, ocasionalmente se reúnen para conversar, de diversos temas.

Son las 6 de la tarde, suena el timbre, puntalmente esta Diana. Con un vestido azul marino, cabello recogido y labial rojo intenso. Un perfume dulce como la miel, y suave como una flor de Jazmín. La tarde cae, y los balcones de los edificios están decorados con adornos de la época navideña, con luces de colores, y el olor a pino es penetrante. Todos los balcones del edificio, excepto uno que no está decorado, el del apartamento de Clementina. Cuando Jair estaba, solían celebrar la navidad, con muchos adornos, un gran pesebre, e invitaban a las personas que conocían para compartir un rato ameno. Clementina junto a Jair y su esposo, tenían la costumbre, de quedarse hasta altas horas de la madrugada sacando los adornos, decorando el árbol de navidad, tomaban chocolate caliente, y escuchaban música.

Clementina no volvió a decorar más con motivos de la navidad, ni a colocar un árbol. Solo conservo la tradición de colocar el pesebre, solo por su fe cristiana. Lo único que aún conserva a pesar de los años.

—Hola, llegué tal como prometí —dice Diana al ser recibida en la puerta por Clementina.

—Si, puntual como siempre. Pasa adelante por favor —responde Diana.

Se sientan en la sala, comienzan a conversar. Las visitas de Diana le hacen bien a Clementina.

— ¿Y cómo va todo en el trabajo?

—Pues bastante bien, me acaban de nombrar encargada del departamento legal de la contraloría.

—Qué bueno, verte convertida en toda una abogada.

—Lo mismo que quería estudiar Jair.

—Si, tenía muchos ideales, de mejorar el país y otras cosas. Lo triste es que hoy día no somos mejores de lo que fuimos antes de ese día.

—Pero al menos el canal pasará a manos panameñas, en dos semanas.

—Esperemos que todo salga bien, y que nuestro gobierno "democrático" sepa adminístralo.

—No hay que ser tan pesimista, a parte de la reversión del canal, este año elegimos por primera vez a una mujer para ser presidente. – dice Diana.

—Amanecerá y veremos.

— ¿Oiga y don Alexis cómo está?

—Eso, debe estar bien supongo. A veces viene de visita, quisiera echarlo, pero, al fin y al cabo, sigue siendo su casa.

— ¿Y aún sigue soltero?

—No sé, y la verdad me tiene sin cuidado.

— ¿Ha pensado en perdonarlo?

—Ya yo lo perdoné hace mucho tiempo, no le guardo rencor por haberme sido infiel. De ahí, a que volvamos a ser el matrimonio feliz que alguna vez fuimos, eso jamás pasará. La confianza se perdió.

—Los años pasan, y no es bueno que este sola. El señor Alexis no es un mal hombre, solo cometió un error y estoy segura de que no hay día en que no se arrepienta por ello.

—Quizás, pero mi corazón no tiene más que dolor, por haber perdido a mi hijo. Luego de diez años, créeme que ya me resigné a que tuvo que haber muerto esa noche, solo que me hubiese gustado haberlo enterrado. Al principio tuve la esperanza que hubiese sobrevivido, y que tal vez estaba en algún hospital, no sé.

Diana se levanta y le da un abrazo a Clementina.

—Háblame de ti, ¿estás comprometida o algo así?

—No, la verdad estoy muy enfocada en mi trabajo ahora mismo. No tengo tiempo para pensar en esas cosas, además aún sigo pensando en Jair.

—Es normal que pienses en él, fue tu primer amor, tu amor de juventud, pero ya eres una mujer adulta, es entendible que hagas tu vida junto a un hombre bueno, que te quiera.

—Si, lo sé, pero quiero primero ahorrar algo de dinero, mudarme de la casa de mis padres, y cuando ya haya alcanzado mis metas profesionales, entonces podré pensar en otras cosas.

—Es bueno que estés tan encaminada.

—A veces pienso en tantas cosas, los planes que tenía con Jair, justo antes de ese día habíamos tenido una conversación, sobre nuestro futuro al salir de la escuela. Íbamos a seguir con nuestro noviazgo e incluso pensamos en comprometernos.

—Sé que fue duro para ti también. — dice Clementina.

—No solo para nosotros, hay historias de muchas personas que desaparecieron ese día.

—Si, por eso nunca le tuve ni un poquito de fe o confianza a estos gobiernos "democráticos", en tiempos de la dictadura al menos sabíamos que esperar.

—Quien diría que MAN tenía razón, cuando en su discurso en el Centro de Convenciones Atlapa, poco antes de ese día funesto, dijo que vendría peores que él, y que nos lo aguantáramos. —Dice Diana.

Clementina se levanta, revisa el horno y se da cuenta que la lasaña que preparó esta lista, la saca del horno. Diana se levanta y ofrece su ayuda. Clementina le dice que saque los platos de la alacena. Una vajilla de porcelana, que no usaba desde hace muchos años. Ponen la mesa.

Diana saca de su bolso un biscocho de vainilla que trajo, y un refresco de naranja. Pensó originalmente en llevar una botella de vino, no obstante, ella no bebe alcohol, y sabe que Clementina tampoco, por lo que opto por el refresco y el biscocho. Sus padres le enseñaron a nunca ir de visita a una casa con las manos vacías, más aún si se trata de alguien de la familia, pues pese a no haber vinculo de sangre, siempre ha considerado a Clementina como si fuese de su familia, y Clementina ve a Diana del mismo modo.

—Sabe que converse hace poco con Víctor, me pregunto por usted.

— ¿Cómo le va?

—Bien, está trabajando con una compañía naviera en Miami. Vienen pocas veces a Panamá. Ya tiene su vida hecha allá.

—Qué bueno, siempre fue un buen muchacho. ¿Y su padre y la madrastra?

—Están bien, me comentó que después tuvieron una bebé.

—Me alegro, ese señor había sufrido mucho cuando la mamá de Víctor lo abandonó, estuvo luchando solo con su hijo, hasta que conoció a Nelva.

—Así es. Las cosas buenas siempre llegan a quienes saben esperar. Dicen que no hay mal que por bien no venga.

—La verdad que si— responde Clementina.

Se sientan a la mesa y comen amenamente, mientras conversan.

Al acabarse la cena, Diana se levanta para recoger los platos.

—No te preocupes, yo los recojo, tu eres quien vino a visitarme, deja que sea yo quien te atienda.

—Yo quiero ayudarla, no me importa.

—Tu siempre tan voluntariosa, quizás nunca lo dije, pero siempre pensé que tú, eras la mujer perfecta para Jair, la nuera que me hubiese gustado tener. Tan inteligente, humilde y de buen corazón.

—Gracias, es usted muy amable.

Diana entonces lava los platos, al terminar los coloca sobre el escurridor. Busca entonces la escoba para barrer un poco la cocina, mas no la encuentra, va hacia el pasillo, en busca de esta y, abra una puerta, es el cuarto de Jair. Ella se sorprende, al verlo prácticamente intacto, su ropa, sus útiles de la escuela, algunos afiches pegados en la pared de los equipos de baloncesto y béisbol preferidos de él. En ese momento entra Clementina.

—Todo está exactamente igual a como él lo dejo esa noche, solo entro ocasionalmente a sacudir el polvo.

—Es lo que veo, aún puede sentirse su presencia en esta habitación.

—La tengo así para conservar algún recuerdo de él.

Diana se acerca hacia el armario, ve guindada sobre el mango de la puerta, una camisa de tipo guayabera, todavía arrugada.

—Es la camisa que iba a ponerse el día de la misa por la graduación, si no fuese por esa camisa arrugada y por mi negligencia, tal vez seguiría con nosotros.

—No se siente culpable, ni usted ni nadie sabía lo que iba a pasar.

—Lo sé, pero aun así no puedo evitarlo— responde Clementina.

Salen de la habitación y se quedan en la sala conversando un rato más, son casi las 8:30 pm.

Muchos años después, y luego de algunas entrevistas a algunos miembros de las extintas fuerzas de defensa, se supo que, si tenían conocimiento del ataque un par de horas antes que se diera, más el alto mando ordenó no hacer nada. Muchos soldados que se encontraban en la base de rio hato quisieron hacer algo, no obstante, al no recibir ningún tipo de instrucción por parte del Estado mayor, muchos de ellos huyeron a sus casas y se deshicieron de los uniformes. Otros fueron vilmente asesinados por parte de las tropas invasoras. La parte más triste se la llevaron los estudiantes que instituto militar Tomas Herrera, los cuales corrieron con la misma suerte. Algunos oficiales de la patrulla de caminos, que ni siquiera tenían armas con que defenderse, también fueron asesinados a manos de las fuerzas invasoras, pues tal parece que la instrucción fue clara; acabar con la dignidad nacional de un país, a como dé lugar, simplemente para capturar a un solo hombre.

—Oiga, ¿dónde va a recibir el nuevo milenio? — Pregunta Diana.

—Bueno, pues quizás vaya donde mi tía, que ya está bastante mayor. Quiero pasar la mayor parte del tiempo con ella, desde que mi tío falleció el año pasado, ella ha estado un poco enferma. Todo parece indicar que cumplirá su sueño de ver el nuevo milenio. Yo quise que se viniera a vivir conmigo, pero ella insiste en quedarse en su casa.

—Debió ser muy duro para ella perder a su esposo.

—Si, estuvieron casados más de cuarenta años. Ellos fueron los que se encargaron de mi cuando recién llegue a la capital.

—¿Y el sueño de su tía era ver el nuevo milenio?

—No realmente, de hecho, hace años atrás tuvimos esa conversación, y ella decía que no quería vivir tanto. Y ahora más que nunca dice que si quiere ver el nuevo milenio. Lástima que mi tío se nos fue antes.

—Al menos sus tíos tuvieron una larga vida juntos. Y fueron felices.

—Si, es lo que cuenta. Siempre quise que mi matrimonio con Alexis fuese así como el de mis tíos, pero el destino quiso otra cosa.

— ¿El destino o usted quiso otra cosa?

—No puedo volver en el tiempo e impedir las cosas que pasaron —dice Clementina.

—Aún no es muy tarde, usted y el señor Alexis pueden volver, y pasar los últimos años de sus vidas juntos.

—No creo, ya ese tiempo paso.

A eso de las 9:00 pm, Diana se despide de Clementina.

—Ya es hora de irme, mañana debo madrugar para el trabajo.

—Cuídate mucho, niña. Que no te pase nada malo.

—No se preocupe, mi papá como ya no sale mucho me presta automóvil.

—Que te vaya bien.

—Hasta pronto.

Afuera, el tráfico es bastante regular, personas que hacen algunas compras de navidad. Diana llega a su casa sin problemas.

En el vigésimo día del duodécimo mes del año, como todos los años, desde hace diez años, Clementina va a visitar la tumba de su hijo, la tumba vacía. Yo le observo desde lo lejos, en aquel momento desconociendo toda su historia, hasta ahora.

Capitulo XVI

Llega el último día del año, y los preparativos para la reversión del canal de Panamá están en marcha, como parte de los tratados Torrijos—Carter, que además de la reversión del canal, incluye la retirada de bases militares estadounidenses en Panamá, la eliminación de "la zona" como se le decía al área canalera, del mismo modo la salida del aire de *Southern Command Network* o canal 8, que era un canal de televisión de la zona del canal, que transmitía programación integramente en inglés, para los empleados (civiles y militares) que residían en la zona del canal.

Clementina desde temprano se va a casa de su tía para pasar el año nuevo con ella.

—Buenos días tía, ¿Cómo está? —dice Clementina efusivamente, mientras le da un beso a su tía.

—Buenos días, llegaste temprano. Pensé que vendrías más tarde.

—Quise venir desde temprano para pasar todo el día contigo y recibir el año nuevo juntas. Sé que desde que murió el tío Eustaquio, no ha estado muy bien.

—No estaba preparada para que mi viejo se fuera, no tengo con quien pelear —dice Maribel entre risas, mientras prepara el café.

—Si, el tío Eustaquio era todo un personaje, muy sabio en los consejos que daba. Fue como un padre para mí.

—Él te quiso mucho, como la hija que nunca tuvimos, porque yo no pude darle. A los tres años de habernos casado, descubrí que era estéril. Fui al médico pues pensé que era raro que no quedara embarazada, por eso nunca tuvimos hijos. Cuando recién me enteré, dudé en decírselo, pues pensé que él me dejaría, pero entendí que no se puede llevar un matrimonio a base de mentiras, y me armé de valor, le conté la verdad. Fue comprensivo y me apoyó, se quedó conmigo. Me amó a pesar de eso. Hubo un tiempo en que pensamos en adoptar, pero luego tu madre me encomendó cuidarte cuando viniste a la ciudad a estudiar, y bueno, no resentimos para nada el no haber tenido hijos, pues tú fuiste como una hija para nosotros y te dimos todo el amor y cariño, pues sabíamos que sería duro para ti el tener que separarte de tus padres.

—Yo siempre estaré eternamente agradecida por lo que hicieron por mí, soy quien soy gracias a ustedes.

—Si, oye y ¿qué de la vida de Alexis?

—Está bien, casualmente hace dos días converse con él, me pregunto que como estaba, que donde y con quien iba a pasar el año nuevo, y demás.

—Hay algo que nunca he podido entender.

— ¿Qué cosa?

— ¿Si tan herida estabas por la traición de Alexis, ¿Por qué nunca te divorciaste de él? Aun sigues legalmente casada con él.

—Yo me casé para toda una vida, quizás indirectamente guarde la esperanza de volver con él, pero al recordar su traición, y saber que no podría confiar en el cómo antes, hizo que me retractara de esa posibilidad. Él tampoco solicito el divorcio.

—Nunca lo hizo porque te ama. Aún recuerdo la primera vez que vino aquí, ese muchacho que, al verte, le brillaban los ojos, supe en ese instante que él estaba perdidamente enamorado de ti, y que ustedes iban a terminar juntos.

—Yo también lo amo, pero lamentablemente el amor no es suficiente.

—Invítalo a que venga a pasar el año nuevo con nosotras —le dice Maribel.

—No creo que sea buena idea tía, tal vez él tenga planes con su familia.

—Pero tengo entendido que él no está con la mujer esa, ni tampoco se ha juntado con ninguna otra.

—Con su mamá, sus hermanos y sus sobrinos.

—Llámalo por favor, hazlo por mí.

—Está bien.

Clementina toma el teléfono, y marca a la casa de Alexis, contesta con voz la misma voz de bajo profundo que tenía cuando era joven, esa voz que enamoro a Clementina.

—Buenos días —dice Alexis.

—Hola —responde Clementina.

—Eres tú, mi amor. ¿Está todo bien? ¿te paso algo a ti o a la señora Maribel?

—Si, estamos bien.

—Es que casi nunca me llamas, la verdad me ha dejado sorprendido. Pero es una agradable sorpresa, escuchar tu voz en la mañana.

—Estoy en casa de mi tía, pasaré el año nuevo con ella, desde que se murió mi tío, ella no ha estado muy bien.

—Me imagino, sabes que siempre he querido mucho a la señora Maribel.

—Me pidió que te llamara para saber si te gustaría recibir el nuevo milenio con nosotras. Si tienes planes, no hay problema, yo le puedo decir que no puedes y ya. No te sientas obligado, no canceles nada....

—Tengo una pregunta.

—Dime.

—¿Cocinaras tu o tu tía?

—Cocinaré yo, mi tía está muy mayor para tomar calor en el horno, aunque insistió en preparar el pavo. ¿Qué de relevancia tiene eso?

—Es que extraño mucho tu comida, aunque la señora Maribel no cocina mal, prefiero más la tuya. — responde Alexis con una sonrisa pícara.

—Pero si cada vez que te apareces por la casa, te brindo comida. Un plato de comida no se le niega a nadie.

—Si, pero eso es ocasionalmente, no es lo mismo a cuando vivíamos juntos.

—¿Vas a venir o no? Siento que esta conversación no nos está llevando a nada.

—Está bien, si iré. Pero no me trates mal.

—Está bien, ven a las siete de la noche. Sé puntual por favor.

—¿Cuándo te he fallado?

— ¿Eso es una pegunta sarcástica?

—Lo siento, fue inapropiado.

—Qué bueno que lo notaste. Nos vemos entonces.

—Espera, antes que cuelgues el teléfono, ¿necesitas que lleve algo?

—Nada, solo ven. Mi tía te lo agradecerá.

—¿Y tú?

—¿Yo qué?

—¿Me lo agradecerás?

—Solo estoy haciendo lo que me pidió mi tía.

— ¿Quieres que vaya para allá?

—Nos vemos en la noche Alexis, hasta pronto —dice Clementina y cierra el teléfono.

Maribel estuvo todo el tiempo escuchando la conversación desde el teléfono de la cocina, sin embargo, Clementina no se dio cuenta.

—¡Que hostilidad de tu parte!

— ¿Tía estaba escuchando la conversación?

—Claro, es mi casa y mi teléfono. ¿Qué esperabas?

—Debí haber usado mi celular.

—Esos bichos dicen que dan cáncer. ¿No te hace bulto en tu bolso? Son grandes y aparte dicen que son costosos.

—No cambies la conversación.

—Pienso que deberías tratar mejor a Alexis, ya han pasado muchos años.

—Ya te complací tía, vendrá esta noche.

—Gracias, eres muy amable.

Clementina entonces desayuna con su tía, beben el café que Maribel hizo, mientras ven la televisión. Desde muy temprano hay transmisión especial por los eventos de reversión del canal, además de la llegada del nuevo milenio. Mucha gente aglomerada en el edificio de la administración del canal, con banderas de Panamá, presentes durante los actos. Un momento lleno de alegría y regocijo, pues mucha sangre, sudor y lágrimas fueron derramadas, para que ese día llegara. Todos los titulares de los periódicos hacen referencia al tema, por un momento, el tema del décimo aniversario de la tragedia ocurrida parece haberse olvidado, al fin y al cabo, muchos insisten en que fue una "causa justa", no obstante, en el corazón de Clementina, sigue presente el dolor de haber perdido a su hijo ese trágico día, muerto quizás a manos de las fuerzas invasoras, o tal vez de efectivos paramilitares.

Al caer la noche, Alexis llega. Clementina abre la puerta de la casa. Ella con un vestido rojo, ceñido al cuerpo, y tacones altos. Pese a sus años, Clementina se conserva estupendamente. Alexis, con algunas canas, vestido con una camisa roja, pantalón gabardina y zapatos de charol.

—Buenas noches —dice Alexis completamente deslumbrado al ver a Clementina.

—Buenas noches, pasa —responde Clementina.

Él entra a la casa, no puede quitarle los ojos de encima a Clementina, aún tiene ese brillo en sus ojos, que reflejan el profundo amor que sigue sintiendo por ella.

—Esta escena me parece un viaje a 1963, cuando viniste aquí por primera vez. Sigues teniendo esa misma mirada de muchacho enamorado— dice Maribel mientras se acerca para saludar de beso a Alexis.

—Buenas noches señora Maribel, usted me conoce mejor que nadie —responde mientras le da un abrazo.

—En un rato cenaremos —interrumpe Clementina.

—Sé que dijiste que no trajera nada, pero tenía esta botella de vino guardada en la casa y quise traerla para compartirla con ustedes.

—Veintitrés años de añejamiento, me gusta. — dice Maribel.

—No deberías tomas. No te hace bien.

—Tu tío bebía sin control y vivió hasta los 90 años.

—Pudo haber vivido hasta los 100, si hubiese controlado el alcohol.

—¡Nah!, él tuvo una buena vida. Gracias por el detalle Alexis, se te agradece.

—De nada, es un placer.

—Tú sabes que mi tía le gusta empinar el codo— le dice Clementina a Alexis, murmurando al oído.

—Precisamente por eso me pareció un buen detalle— responde.

Los tres se sientan en la sala a conversar, de política y otros temas. Como a eso de las 9 de la noche, se sientan a cenar. Preparó un arroz con vegetales, pavo asado, y ensalada de papa con pollo desfilachado. Además, hizo un dulce de fruta para el poste. Durante el proceso de preparación, tuvo una batalla sin cuartel con Maribel, pues esta última quería seguir de cerca el proceso de preparación de la cena, pese al acuerdo con Clementina que solo prepararía el pavo, y Clementina se encargaría de hornearlo y todo lo demás. Maribel pese a ser una octogenaria, es una señora bastante activa.

Capitulo XVII

Es casi media noche, los fuegos artificiales se ven en toda la ciudad, Clementina abre la puerta para verlos de cerca. Las festividades de fin de año se volvieron tristes desde que perdió a Jair.

—Yo sé que estas triste porque él no está —le dice Alexis.

Ella se da la vuelta, y lo abraza.

—¿Por qué tuvo que haberse ido esa noche? Debí decirle que se quedara.

—No fue tu culpa.

—No hay día en que no piense en él.

—Me pasa lo mismo, uno nunca se prepara para perder a un hijo, menos de esa manera.

En medio de la conversación, se escucha por todos lados el conteo 3, 2, 1...y los gritos de feliz año nuevo, sumado a la pirotécnica estridente, que anuncia la llegada del nuevo año, y del nuevo milenio.

—Lo hice, he llegado al año 2000, ya puedo morir tranquila —dice Maribel.

—No diga esas cosas tía, usted va a vivir muchos años más —dice Clementina mientras le da un abrazo y beso de feliz año nuevo.

—Es cierto, usted esta entera todavía— agrega Alexis, quien también le da un beso de año nuevo.

—Me hubiese gustado que mi viejo estuviese conmigo, pero sé que donde está ahora mismo, debe estar feliz y esperándome. ¿Y ustedes no pretenden besarse? ¿Dónde está el saludo de año nuevo?

—Feliz año nuevo —dice Clementina.

Alexis se acerca, y le da un abrazo.

—Feliz año nuevo —responde él.

— ¿Y el beso? —dice Maribel.

—Tía ya es hora de dormir.

—No tengo sueño, sigamos conversando y bebiendo.

—Yo paso con la bebida —dice Alexis.

Maribel luego de dos copas de vino, se quedó dormida.

—¿Puedes ayudarme a llevarla a su recamara?

—Claro, con gusto.

Alexis levanta a la señora y la lleva cargada hasta la recamara. Luego de eso, va hasta la cocina donde esta Clementina terminando de guardar algunos platos.

—Es hora de que me vaya, la pase bien con ustedes.

—Es muy tarde, mejor quédate a dormir y en la mañana te vas.

—¿Estás segura?

—No quiero que te pase nada malo, además la última vez que dejé salir a alguien, no volvió. Ya perdí a mi hijo y, aunque no estemos juntos, creo que no toleraría perder también a mi esposo.

—Está bien, me quedare a pasar la noche.

—Prepararé el cuarto de huéspedes.

—Pensé que me dejarías quedarme en tu cama.

—No abuses de mi buena fe. Primero no estamos juntos, además, es la misma cama pequeña de cuando yo vivía aquí.

—Pero dijiste que soy tu esposo, los esposos duermen juntos...

—Los esposos duermen juntos, siempre y cuando el esposo no escoja dormir con otra persona.

—Eso pasó hace mucho tiempo, y todos los días me arrepiento por ello.

—Aquí está la almohada y la cobija, que pases buena noche —dice Clementina mientras le señala a Alexis el cuarto de huéspedes.

—Que pases buena noche —responde el.

A la mañana del primer día del año, Maribel se levanta temprano para preparar su café, y el desayuno. Pone a freír tocino con huevos y queso, para desayunar con rosca de pan.

Todos se sientan a desayunar y a conversar sobre la llegada del nuevo milenio. Hubo muchas teorías sobre que iba a pasar cuando el día llegara, algunos decían que habría una especie de guerra, otros que los aparatos electrónicos iban a dejar de funcionar, entro otras cosas. Al final, todo transcurrió con normalidad, así como el segundo día, el tercero y los días subsiguientes.

— ¿Y al final regresó con el señor Alexis? — pregunta Alejandra intrigada, de vuelta al presente.

—No, digo seguimos casados, pero no estamos juntos— responde Clementina.

—¿Por qué nunca se divorció? —dice Alejandra.

Yo tenía las mismas interrogantes que ella, pero no me atrevía a hacerlas, por temor a sonar entrometido.

—Nos casamos por la iglesia. No hay divorcio en el matrimonio por la iglesia. —responde.

—Espero que no le haya incomodado mis preguntas. Solo tenía algo de curiosidad, su historia es increíble.

—No me molesta en lo absoluto, es más, le doy las gracias a ambos por haberme escuchado. Usualmente no hablo con nadie de este tema, ocasionalmente con Diana.

—¿Qué fue de la vida de Diana? —pregunto.

—Ella eventualmente se casó con un muchacho que conoció, tuvieron unos gemelos. Ella me invito a su boda, pero me pareció inapropiado ir, además no me sentía con ganas de fiesta y esas cosas.

—¿Y la tía Maribel?

—Mi tía aparte de ver el nuevo milenio, también vivió para celebrar el centenario de la república y el vigésimo aniversario de la desaparición de mi hijo. Murió en la tarde del 1 de enero del 2010. A los 96 años. En paz, recuerdo que se bañó porque decía que hacía calor, se puso un vestido y se acostó a dormir, y ahí quedó.

—Tuvo una larga vida —comento.

—Si, al menos estuvo sana y lucida. De nada vale una larga vida, si no la estas gozando.

—Es verdad —dice Alejandra.

El sol comienza a bajar, son casi las 4 de la tarde. Aún hay gente en el cementerio, que al igual que Clementina y Diana, vienen a visitar a sus muertos, víctimas de ese fatídico día.

Capítulo XVIII

Clementina y Alejandra siguen conversando, yo las escucho atentamente, pues había cumplido ya con mi jornada de trabajo desde temprano. En ese momento, llega Alexis. Luce pensativo, al ver a su esposa a los ojos, y notar esa misma desolación que, hace casi veintiocho años atrás cuando todo paso. El, la sigue amando igual al primer día que la vio, y ella, aunque lo niegue, también lo sigue amando, pues le dio lo más grande en la vida que pudo recibir, a su hijo Jair.

—¿Cómo estás? —pregunta Alexis.

—He tenido mejores días, ¿qué hay de ti? — responde.

—Bueno, ya sabes. Lo mismo de siempre.

—Pensé que lo olvidarías.

—Jamás, como crees que olvidaría el aniversario de la desaparición de nuestro hijo.

—Como nunca vienes, ni me llamas. ¿Es ese el amor tan grande que dices tenerme?

—No digas eso Clementina, solo Dios sabe las infinidades de veces que he intentado acercarme a ti, pero es imposible, construiste un muro que nos aleja de todo, porque aún no has podido perdonarme por lo que pasó con Mónica.

— ¿Le has vuelto a ver?

— ¿A quién?

—A quien más viejo tonto, a esa mujer.

—No, desde aquella vez, nunca más la volví a ver.

—Yo ya te perdoné eso, fue algo que pasó hace mucho tiempo.

—Te amo, te amo desde el primer momento en que te vi, y no ha pasado un día en todos estos años en que yo no te haya dejado de amar, tampoco pasa un día sin que piense en nuestro hijo. Pienso en tantas cosas, que sería un abogado, un político, un hombre de bien, si estaría casado con Diana y con hijos.

En ese momento a Clementina se le hace un nudo en la garganta y comienza a aguársele los ojos; pues también ha pensado en todas esas cosas. No puede evitarlo y le da un abrazo a Alexis.

—Yo también te amo, te amaré por siempre, solo que es tan difícil todo esto. — le dice Clementina.

—Yo sé, es duro, pero no tiene que ser así....

Algunos pasos distantes de la escena, estoy yo conversando con Alejandra.

—Ese señor se ve que la ama mucho. — dice Alejandra.

—Y ella a él. —le respondo.

—A veces pienso que sería bonito tener un amor así—

—Puedo tenerlo, usted es joven y bonita.

—Tal vez, pero con el corazón lleno de odio y resentimiento, no creo que ningún hombre quiera estar con una mujer así.

—No diga eso señorita, del mismo modo que tal vez haya algo de resentimiento en su corazón, hay amor, solo que quizás no ha encontrado a la persona idónea.

—Gracias por sus palabras don Rayo, es usted muy amable.

—A mí me consta que usted es una buena mujer, siempre pendiente de su mamá, y siempre recuerda a su papá y honra su memoria. Yo sé que él estaría orgulloso de usted.

—Eso quisiera, que mi padre este orgulloso de mi.

Clementina y Alexis se acercan a donde esta Rayo y Alejandra.

—Les presento a mi esposo Alexis.

—Mucho gusto —dice Alexis con todo afable.

—Es un placer —responde Alejandra.

—Hemos estado conversando toda la tarde, la muchacha perdió a su papá el día de la invasión, era militar panameño.

—Lamento mucho lo de su padre.

—Gracias, la señora también nos estuvo contando la historia de su hijo y por todo lo que pasaron.

—Si, fueron años difíciles, y Jair vivirá por siempre, en nuestros corazones —dice Alexis mientras abraza a Clementina.

Alejandra entonces toma la palabra.

—Por mucho tiempo viví llena de rencor y odio, porque me arrebataron a mi padre cuando yo tan solo era una niña, y fue duro, para mi mama criarme sola. Me costó mucho entender que la decisión que mi padre había tomado fue por amor su familia, a su gente y sobre todo a su país, pues era un hombre de muchos principios, siempre critico lo que el sintió que estuvo mal, y aplaudió lo que considero que era lo correcto. Como ser humano, todos cometemos errores, pero fue el mejor padre que hubiese podido tener, y cada una de las lecciones que me dio, las guardo en lo más profundo de mi ser, en mi mente y en mi corazón— añade además— su hijo murió no por voluntad propia como mi padre, sino porque otros lo decidieron, y son esas mismas personas que hoy, minimizan el daño colateral que trajo consigo esa llamada "causa justa", son precisamente esas mismas personas, las que hoy le dicen a sus hijos y a sus nietos, que nacieron del año 2000 para acá, que eso jamás pasó, que es un invento de los simpatizantes de los militares para justificar los vejámenes que se cometían. A todas esas personas, yo les digo que mi padre jamás persiguió o asesino a ningún civil o persona inocente, creía en las leyes, y, sobre todo, creía en que era posible un mejor país, del que teníamos antes del 11 de octubre de 1968.

Todos nos quedamos en silencio luego de esas palabras.

—Le doy las gracias señora por haberme permitido escuchar su historia. La verdad es que me ha dado una importante lección.

—Todos hemos aprendido algo el día de hoy —dice Clementina.

—Que pasen buena tarde —dice Alejandra mientras se despiden.

Ella y Clementina intercambian teléfonos, pues quedan de mantenerse en contacto.

—Espero no haberle quitado mucho tiempo —dice Clementina mientras me mira fijamente a los ojos.

—Para nada, ya había cumplido con mi jornada del día. Todo lo contrario, para mí fue un placer haberle escuchado.

—Es usted muy amable don Rayo.

—Nos vemos pronto.

—Que tenga usted una buena tarde.

Alexis y Clementina se despiden, van tomados de la mano. Atrás parece quedar el dolor y el sufrimiento de haber perdido a su único hijo, pero queda presente la alegría de los recuerdos vividos, y, sobre todo, el amor tan grande que han tenido, que, pese a los años, y a todas las adversidades que han sufrido, sigue igual al primer día que se conocieron.

————————Fin————————

Jorge Morales – Franceschi

Jorge.moralesfranceschi@gmail.com

@jorgemf_11

Nace en la ciudad de Panamá, la tarde del martes 11 de junio de 1991. Cursó estudios de bachiller en ciencias en el prestigioso instituto José Dolores Moscote. Siempre se destacó como alumno ejemplar. Posteriormente ingresa a la universidad tecnológica de Panamá a cursar estudios de ingeniería civil.

Comenzó a escribir a la edad de 14 años algunos poemas y pensamientos.

El ensayo y la poesía siempre habían sido su predilección a lo largo de su adolescencia.

El 24 de diciembre del 2014 a las seis de la tarde, anuncia a través de sus redes sociales la publicación (de manera independiente) de su libro "A Quien Ama Las Emociones", un completo giro de ciento ochenta grados en su carrera como poeta y ensayista, pues incursiona en el género "cuentos" con esta obra; se trata de cinco historias donde predominan el amor, la fantasía, el suspenso, el romance, pero sobre todo la crítica hacia una sociedad y un sistema claramente en decadencia.

Adicional tiene un blog donde periódicamente publica artículos de opinión y ensayos sobre diversos temas de cultura general, así como algunos fragmentos más destacados de sus obras.

Seguido están, su primera novela "Un Inmigrante en tu corazón", que narra como el amor puede ser mucho más fuerte que las vicisitudes de la vida y el poemario "Te enamorarías de mí", su primer libro de poemas, que también incluye el cuento "Memorias de un amor en tiempos modernos". Con estas obras, consolida su versatilidad dentro del mundo literario contemporáneo.

Obras publicadas

-Pensamiento y Filosofía 2011 (Ensayo) *descatalogado*

-A Quien Ama Las Emociones 2015 (cuentos)

-Un Inmigrante En Tu Corazón 2015 (Novela)

-Te enamorarías de mi 2016 (poemas)

-Te enamorarías de mi-Edición Especial 2016 (poemas)

-El Amanecer Injusto 2018 (novela)

www.ingramcontent.com/pod-product-compliance
Lightning Source LLC
Chambersburg PA
CBHW030312180626
46810CB00003B/1041